JN009574
タッグ
不器用刑事は探偵に恋をする
「手が届かないなんてことはないよ」
硬直し息を詰めている一也を見つめ、鏡は僅かばかり切なげに笑って言った。

タッグ　不器用刑事は探偵に恋をする

真式マキ

ILLUSTRATION：亜樹良のりかず

タッグ　不器用刑事は探偵に恋をする

LYNX ROMANCE

CONTENTS

タッグ　不器用刑事は探偵に恋をする

咲き残っていた桜もすべて舞い散るような、風の強い四月の日曜日だった。

教えられた住所を頼りに歩いた先には、どこかしらレトロで小洒落た、五階建ての雑居ビルが立っていた。大通りから大分離れていることもあり、行き交うひともさほど多くはなく、都内にしては静かだ。

階段で二階へ上がると、木製のドアがいくつか並んでいるのが目に入った。うち右手端のドアに、『鏡探偵事務所』と記されたプレートが貼ってある。ドアのすぐ横にはインターホンが設置されていて、不在の場合は押してほしい、という来訪者あての説明が書いてあった。雑居ビル内のどこかに休憩室や仮眠室があり、そこにつながっているのかもしれない。

鏡、とはあの男の名だ。ということは自分はどうやら、無事目的地へ到着できたようだ。

いったんドアに背を向け左手の洗面所に入って、全身鏡で自分の姿を確認した。自宅アパートのクローゼットを掻き分け選んだジャケットは、手持ちの私服の中では一番きちんとしたものだ。仕事用のスーツでは堅苦しい気がする、とはいえあまりラフな格好をするのも失礼かと、自分なりに思案した結果だ。皺もほつれもないし、特に問題はないだろう。

春風に乱れた黒髪や服を整えてから探偵事務所の前に戻り、よし、と自分に言い聞かせてドアをノックした。すぐにドアの向こうから「どうぞ」と低い男の声が聞こえてきたので、ひとつ深呼吸をしてノブを摑む。柄にもなく緊張してしまうのは、およそ一年ぶりに鏡の顔を見られるからか。

ドアを開けると、その向こうは広い部屋となっていた。雑居ビルの一室だから、もっとこぢんまりしているのかと想像していたのに意外だ。手前に、向かいあう一対のソファとテーブルといった応接セット、奥にはパソコンが載った大きなデスクが置いてある。

そして、背もたれの高いデスクチェアに、ダークスーツを身につけた鏡が腰かけていた。

特に表情もなくこちらに目を向けている男は、記憶にある通り、作り物めいて見えるほどに美しかった。端整な顔立ちのみならず、一年前よりいくらか長い胡桃色の髪や、同じ色の瞳がひどく印象的で、少々日本人離れしているようにも思われる。

知る限り鏡は、実際に話をすれば人当たりもよく、穏やかなタイプの人物だ。しかしその容姿も相まって、無表情でいると他人に幾ばくかの近寄りがたさを感じさせるのも、あのころと同じだ。

久方ぶりに目にした鏡の姿に、当時抱いていた強い憧れが想起され、思わずうっとりしてしまう。職務にあたる際の真剣な眼差しや、的確で切れ味のよい発言や行動、ちょっとした息抜きの時間に見せる笑顔。そういった面にひどく魅力を感じ、このひととももっと一緒に仕事をしてみたい、なんて願ったことを覚えている。

こうしていざ彼を前にすると、あのころの気持ちが、想像していた以上の鮮やかさで胸の中に蘇った。

とはいえ、いまは暢気に見蕩れている場合ではない。止まっていた足を動かして部屋に入り、丁寧にドアを閉めてから、鏡に向き直って小さく頭を下げた。

「失礼します。都築です」

まずはと名乗ると、そこで彼はようやく美貌に微笑(ほほえ)みを浮かべた。まるで薄氷が溶けるかのような、優しい表情だ。よかった、この男は自分が知っている鏡深雪(みゆき)のままだと密かに安堵(あんど)していたら、それを見透かしたのか彼は笑みを深めて、こう言った。

「いらっしゃい。ひさしぶりだね、都築一也(かずや)くん」

一也が所轄署刑事課に配属となったのは一年と少し前、二十七歳になったばかりのことだった。

ただ好機が巡ってくるのを待っていたわけではない。警察官の中でもいわゆる刑事になるのは狭き門であり、そう甘い道ではないのだ。懸命に仕事に取り組みつつ、刑事になりたいと熱弁し続けて上司の推薦を取りつけ、講習も試験も突破し欠員補充の枠をなんとか射止めた。運がよかったのもあるが、その運を味方にするために人一倍努力もしたと胸を張って言える。

なぜそこまでして刑事になりたかったのかと問われたら、中里の件がきっかけだ、と答えるだろう。

中里が死んだのは、一也が中学三年生のときだった。中里はクラスメイトのひとりで、机を並べて言葉を交わしているあいだはそうと強く意識しなかったが、振り返れば残酷ないじめの標的にされていたのだと、いまならわかる。

暴力を振るわれ傷を負うといった、誰もが見てわかるような身体的なものではなかった。あとから学友たちに聞いたところによると、むしろもっと卑劣で、陰湿な、言葉や態度による精神的ないじめだったという。

当時から誰とでも分け隔てなくつきあう性格だった一也は、中里にも、まわりのクラスメイトと同様に接していた。彼はいつでも大人しくうつむきがちでひとりでいることが多かったが、当時の一也はその状況を特段気にしてはいなかった。

朝の校門で顔を合わせれば挨拶をし、隣の席に座ればたわいない話をする。中里に対する一也の態度は、他の学友が相手のときとなんら変わりなかった。

中里が同級生たちからなにかしら罵られている現場を見かけ、持ち前の正義感から止めに入ったことは幾度かあったが、それも一也にとっては当たり前の行動だった。よくある喧嘩の仲裁であり、特別なものではない。中学校の教室では日常茶飯事だ、と思っていたのだ。

中里は一也に、ありがとうと礼を言い笑顔を見せはしても、悩みや愚痴を聞かせたことはなかった。いま思えば彼は、一也に迷惑をかけまいとしていたのかもしれない。

その中里が首をつって自殺したと知らされたのは、寒さも深まる十二月のことだった。

あまりに突然の出来事をすぐには理解できなかった。同じクラスの生徒たちと葬儀に出向き、遺影を目にしてようやく、ああ、中里はもうこの世にはいないのだということを実感した。

そして、そこではじめて中里は他のクラスメイトとは違う、一也にとっての特別な存在となった。

学校や警察は、家庭環境や進路の悩みからの自死と処理したが、一也はそれを単純にのみ込むことができなかった。中里が死んでから改めて教室での彼の態度を思い起こし、また他のクラスメイトたちからの話を聞いて、彼がいじめを受けていたのだとはっきり理解したからだ。

家庭環境や進路の悩みではなく、中里の死は、いじめを苦にしての自殺ではないのか。つまりはひとひとりを死に追い詰めた加害者と呼ぶべきものがいるのではないか？　ならば、いじめ、という言葉にしてしまえばいやに軽く感じられるその行為は、犯罪だ。

このままうやむやにされてしまえば、中里の魂は救われないだろう。

誰が中里にどれだけの苦痛を与えたのか。一也は過去に彼を囲んでいた面々を摑まえては、事実を話せと詰め寄った。それは一也が持つ正義感に加え、真実をつまびらかにしたいという思いに駆られての行動だった。

しかし、いくら一也が問い詰めても彼らはのらりくらりと躱すばかりで、結局中里を自殺にまで追い込んだ真の理由は世に明かされぬまま、三月の卒業式を迎えた。

意を決して交番に出向き事の次第を訴えても、いったん処理された自殺案件を蒸し返すのは難しい、それより自分の今後を大事にしなさいと、警察官に諭されただけだった。自殺者の身内でもない一少年の主張だ。警察官も、親身に聞くことはできてもそうしていなすしかなかったのだと思う。進学先もちりぢりのクラスメイトたちを追いかけ話を聞き出すのも不可能だし、素人ではこれ以上は調べるすべもない。

悔しかった。おのれの無力さを思い知らされた。命を絶つほど苦しんだひとのためにも、真相を明らかにできるだけの力が欲しいと願った。

その願いを叶えるためにどうすればいいのかと考えた末、一也は刑事になろうと決めた。よって一也がいまの道へと進んだのは、中里の件がきっかけだといえるだろう。

そうして念願叶い、一也が所轄署刑事課配属となってから一年ほどがすぎた今年四月、とある死亡事件が発生した。

死亡者の名は西川、結婚歴はなし。連絡が取れず心配した家族が彼の暮らしていた賃貸マンションを訪れ、変わり果てた姿を見つけて一一〇番通報し、一也を含む管轄の警察官が出向くことになった。

遺体が発見されたのは換気扇や通気口を完全に塞いだバスルームで、死因は練炭を焚いての一酸化炭素中毒だった。外傷等はなく、拘束されたり外部から物理的に閉じ込められていたりといった様子もない。遺書はなかったものの、不審な痕跡は見受けられなかったため、所轄は単なる自殺として処理した。

しかし、一也はその一件に引っかかりを感じた。西川の部屋の窓際に、黒いチューリップが咲く鉢が置いてあるのを目にしたからだ。ベランダには園芸用の土や栄養剤があったから、大事に育てていた花であることはわかる。

バスルームでの練炭自殺、自宅には黒いチューリップ、それらには覚えがあった。

一年前の四月、一也が刑事になったばかりのころに、まったく同じ状況で発見された死亡者がいたのだ。林という名の独身女性だった。

練炭を用いる自殺は、縊死などに較べれば件数は少ないものの、殊更珍しいものではない。黒いチューリップというのも、花にはあまり興味のない一也は見たことがなかったが、そういったものを好む人間にとっては取り立てて特別な品種ではないのかもしれない。

それでも、あまりにも酷似した現場に立ち心に湧きあがった疑問を、忘れることができなかった。

西川と林の自殺、ふたつの事件には、なんらかの関連があるのではないか。

翌日、署でその疑問点を挙げたが、十人あまりの先輩刑事たちも課長の波多野も、一也の主張に困ったような顔をするだけだった。遺体発見時に一也が調べた限りでは、死亡したふたりを紐付ける確たる事実はなく、また聞き取りをした西川の知人や家族からも林の名は出ていない。現状、西川と林は無関係だと認識するしかないのだ。

であれば、死の手段が同じであるのも似たような花が咲いていたのもただの偶然だ、と処理するのが妥当だ。そもそも現場を調査したうえで事件性なしと判断されたのだから、それ以上深掘りする必要はない。

そう結論づけられたあと、課長の波多野に、まるで人目を忍ぶようにひとのいない休憩室へ連れていかれ、一枚のメモ用紙を差し出された。鏡の営む探偵事務所の住所が書かれたものだ。

「鏡探偵事務所？」

驚きつつも一也が口にすると、波多野はひとつ溜息をついて言った。

「いいか、都築。ふたつの事件はただの自殺だ、これ以上つつく理由はない。おまえの言いたいことが理解できないわけではないが、二件を関連づけるには根拠が弱いし、となると単なる自殺と処理した件に割ける人員も時間もないんだよ。それは、わかるよな？」

「……おれが気になるからという理由だけで課を動かせないのは、わかります。ですが、どうしても引っかかります。このままでは納得できません。もう少し調査できればなにかが見えてくるのではないかと思うと、ここで終わらせるのは悔しいです」

　正直に心のうちを声にしたら、波多野はそんな一也の手にメモ用紙を握らせ、「おまえが納得できるまで個人的に動くなら止めはしない」と告げた。

「おまえは鏡ってやつを覚えているか。一年くらい前まで本庁にいた刑事だ」

「はい、もちろん覚えています」

波多野からの問いかけに、頷いて答えた。鏡ほどの優秀な男を忘れるはずもない。

鏡は一年ほど前、昨年の五月まで捜査一課殺人犯捜査係の刑事として警視庁に勤めていた。一度、一也が属する所轄署に捜査本部が設置された際、一緒に仕事をしたことがある。自殺と判断された林の遺体が発見されたのが四月で、そのすぐあとだ。

　捜査本部では、経験の豊富な警視庁の捜査一課と土地勘のある所轄刑事が、常に行動をともにする二人組、いわゆるペアとして組まされることが多い。一也は当時刑事課に配属されたばかりだったし、そうして鏡の隣にいられるペアでも、警視庁の人間に気安く話しかけられる立場にもなかったから、彼と特に親しく会話をしたわけではなかった。

　それでも鏡の有能さや人柄に強く惹かれ、憧れたのを覚えている。三十代半ばにして敏腕であり熱心でもある鏡は、まさに刑事の鑑と評されていた。

　鏡はその事件が解決し、捜査本部が解散となったすぐあとに警察を辞めた。そして数か月後に探偵事務所を立ちあげ、警察官時代の経験を活かして、いまは訳ありの行方不明者の捜索や個人の身元調査といった仕事をしているのだという。なにかの折りに、鏡とは仲がいいらしい課長の波多野からそんな話を聞かされた。

「俺はいま刑事課課長としてではなく、知人としておまえの前にいる。くり返すが課としては動けない、しかし鏡なら話くらいは聞いてくれるだろうから、おまえのことは言っておく。あの男は頭もいいし経験も豊富だから、気が向けば助言のひとつふたつはくれるんじゃないか」

「えっ！　つまり、この件をおれが調査してもいいってことですか？　そのうえ鏡さんに話を通してくれると？」

「勘違いするなよ。個人的に動くなら俺は止めない、というだけだ。鏡は、本庁にまでは上げない小さな事件の報告書にも、ひと通り目を通していたようだから、一年前の件についてももしかしたら見てはいるかもしれない」

思わずまじまじと波多野を見つめ、それから慌てて「ありがとうございます！」と礼を述べて頭を下げた。厳しいところもあるにせよ、波多野は警察官としての職務をきっちりこなしてさえいれば、あとは部下にある程度の自由を与えるタイプの男だ。

とはいえ、鏡に取り次いでくれるとまでは思っていなかった。

ひとりだけで動くのは少々心許ないが、鏡に相談できるのならば心強い。波多野から渡されたメモ用紙を頼りに一也は、西川の遺体が発見された三日後の日曜日に鏡の探偵事務所を訪れたのだ。呼び出しや当直もあるためその限りではないものの、刑事は基本的に土日祝は休みなので、私的に動くことはそう難しくはない。

西川、林の自殺を探ることについて、どうやら波多野は黙認してくれるようだ。とはいえ組織には頼れない以上、ふたつの事件に感じた引っかかりについては自分で、個人的に調査するしかない。納得できない事柄があると、どうしても気になってしまい、しかたがないと割りきることのできない性分なのだ。

こうした状況で、元警視庁捜査一課員に力添えを願えるのは、ありがたかった。ひとりでむやみに調査するより鏡の意見を聞いたほうが、遠回りをせず真相に近づけるのではないか。

頼もしい、単純にそう思った。同時に、あのとき憧れを覚えた鏡に再会できるのを嬉しいとも感じ、住所を頼りに彼の探偵事務所へ向かう足取りは、風に舞う花びらのように軽やかに弾んでいた。

「いらっしゃい。ひさしぶりだね、都築一也くん」

事務所を訪れた一也の姿を見て微笑みを浮かべた鏡からそう声をかけられ、ほっとした。先日の言葉通り、波多野は自分のことを彼に話しておいてくれたらしい。

そしてまた、ひさしぶりと迎えてくれた鏡は、一度は同じ捜査本部にいたとはいえあまり会話もできなかった自分のことを、覚えていてくれたようだ。

「おひさしぶりです！　突然訪れてしまってすみません」

満面の笑みで応じた一也が、来訪の理由を説明する前に、鏡は穏やかな口調でこう言った。

「君がここに来るかもしれないと波多野から聞いていたから、驚いていないよ。謝らなくていい。ちょうど昨日大きな仕事を終えたばかりで、いまは小さな案件をいくつか抱えているだけだ。時間にも余裕があるし、私でよければ話を聞こう」

「ありがとうございます！　実は鏡さんに相談が」

「その前に。まずは座って、落ち着いて。コーヒーでも飲みながらゆっくり話をしよう。私はコーヒーがないと頭が働かなくてね」

てのひらでソファを示す鏡のいやに優雅な仕草を見て、確かにいまの自分は急きすぎだと自覚し、少しばかり恥ずかしくなる。久々に接した鏡の美貌や低い声、優しい言葉に心が浮き立ち、ついつい前のめりになってしまった。

促されるまま一也が大人しくソファに座ると、鏡はデスクチェアから立ちあがり、棚に置かれたコーヒーメーカーに歩み寄ってサーバーを取り出した。そこで「ああそうだ」と声にし、一也を振り返る。

「確か君はブラックコーヒーが飲めないんだったよね。ミルクと砂糖があればいいのかな？」

鏡からの問いかけに、捜査本部で一緒になったとき、自動販売機の前でそんな話をしたなと思い出した。たまたま同じタイミングで飲み物を買いにきて、新人刑事にコーヒーを奢ろうとボタンに手を伸ばしかけた鏡に、ブラックは飲めないのだと慌てて告げたのだ。

そうしたら彼は、君は格好いいうえに可愛いんだね、などと言ってくすくす笑った。あのときに感じたくすぐったさが蘇り、妙にそわそわしてしまう。

「はい、ありがとうございます。ご面倒をおかけしてすみません。コーヒーの香りも味も好きなんですが、そのままだと苦くて。よく子どもみたいって言われるから、ちょっと恥ずかしいですけど」

「いや？　飲み物の好みなんてひとそれぞれなのだから、恥ずかしいこともないでしょう。これくらいは特に面倒でもないよ」

申し訳なさを覚えつつも答えると、穏やかにそう応じられて、ほっと力が抜けた。そして次に、鏡は一年も前の、しかも新人だった自分との会話を記憶していたのか、という嬉しさが湧いてくる。

「捜査本部が解散してからもう一年くらいたつのに覚えていてくださってたなんて、なんだか嬉しいです。あのころ、おれは刑事になったばかりの新入りでしたし、鏡さんとはあまり話ができなかったのに」

感じた気持ちを正直に口に出すと、鏡はテーブルにふたり分のコーヒーカップとミルク、砂糖を置いてから、一也の向かいにあるソファに腰かけ目を細めて微笑んだ。

「都築くんはちょっとした有名人だったよ？　刑事課に入ってすぐの大きな事件だったのに、懸命に動き回る、元気で真っ直ぐな新人がいるってね。本部ではみな忙しくてその余裕もなかったけれど、もう少し君と話をしてみたかったんだ。だからこうして再会できたのは嬉しいよ」

嬉しい、という同じ言葉を返されて、今度はどきどきしてきた。久方ぶりに目にする鏡は、当時と変わらずひどく魅力的に見えた。その男からそんなふうに言われたら、どうしたって胸が躍ってしまう。

不意に湧いたときめきを心の中から追い払おうと、視線を下げてコーヒーにミルクと砂糖を混ぜていると、そこで鏡から「さて」と切り出された。

「コーヒーも用意できたことだし、話を聞かせてもらえるかな？　波多野は、所轄で自殺と処理した事件に都築くんが疑問を抱いていると言うだけで、詳細までは教えてくれなかった」

鏡の口から本題が出たため、コーヒーカップに落としていた目をはっと上げた。思わず身を乗り出し「そうなんです、どうしても納得できない事件があるんです！」と早口で言ってから、あまり逸(はや)るなと自分に言い聞かせ、ひと呼吸置いて説明を加える。

「おれが疑問を持っている事件はふたつです。ええと。まずはひとつ、鏡さんが本庁にいた一年前の四月にうちの管轄内であった練炭自殺、だと考えられている件がどうにも気になっていて、相談に乗ってもらえれば助かるなと。そのとき亡くなったのは林という名前の女性です」

「ああ、うん。昨年の練炭自殺ならば、写真も含めて報告書は見た。概要は記憶にあるよ」

鏡が警察官だった時期の話からしたほうがよかろうと、頭の中で順序立てつつ言った一也に、さらりとした口調で鏡はそう応じた。都内では日々たくさんの事件が起こっているにもかかわらず、そのうちのひとつ、しかも自殺の件まで把握しているとは、と少しばかり驚く。

「所轄で自殺と処理された事件なのに、ご存じだったんですね。ちょっとびっくりしました」

思ったままを口にしたら、コーヒーをひと口飲んだ鏡が少し笑って答えた。

「小さな事件でもたとえ自殺でも、大きな犯罪に育つ芽が潜んでいないとも限らないから、当時は大抵の件について報告書に目を通していた。ざっとではあるけれど」

彼の返答に、思わず尊敬の眼差しを向けた。警視庁にいたころの鏡は、敏腕で熱心な刑事の鑑と評されていたが、まさにその通りの男だ。大抵の件についてと、彼はなんでもないことのように言ったが、決して簡単な仕事ではないだろう。

それから視線を自分の鞄(かばん)に移し、林が死亡した件の資料のコピーを取り出した。

「では、当時の報告書を受け取ってもらえますか？　鏡さんもご覧になったことがあって記憶にも残っているのなら、お渡ししても問題はないと思うので、よければもう一度目を通していただけると嬉しいです」

「うん。ありがとう。あとでよく見ておくよ」

鏡は、一也が差し出した資料を特にためらう様子もなく受け取った。そののち、一也が事の詳細を語る前に、こんな問いを口にした。

「そういえば、二年前の春にも君のところで自殺があったことを知っている？　君はまだ交番にいた時期かな」

想定外の話題に虚をつかれ、「いいえ」と答えるのに一拍の間が開いた。

「鏡さんの言う通り、一年くらい前に刑事課配属になるまでは、小さな担当地域を見回る交番勤務だったので、二年前の件は把握できていないんです。なにか気にかかる事件だったんでしょうか？」

「私はいずれも報告書に目を通しただけなのだけれど、二年前の件と、この資料にある一年前の件には共通点があった。だから一年前、事件が発生したとき少し気になってね。でも、そのあとすぐに警察を辞めたから、詳しく調べる時間がなかったんだ」

「共通点？」

首を傾(かし)げてくり返すと、その一也を少しのあいだ黙って見つめてから、鏡は特に表情も変えずにこう言った。

「自宅のバスルームで練炭を焚くという自殺手段と、黒いチューリップだ」

彼の言葉を聞き、ぞわぞわと興奮が湧きあがってきた。そのふたつは、一年前に林が死んだ件と、つい先日西川が死んだ件になにか関係があるのでは、と一也が疑問を抱くきっかけになった共通点と同じだ。

つまり、似たような二件の死の前にも、同様の自殺が発生していたのか。

「鏡さん！　実は三日前、同じような事件が起こったんです」

一也は再度身を乗り出し、鏡がなにかを言う前に、自殺と処理された西川の死と自分が感じた引っかかりについて説明した。共通点は練炭と黒いチューリップ、根拠としては薄いのかもしれないが、報道もされていないにもかかわらず酷似した事件が複数発生するなんて、少なくとも自分はただの偶然だとは思えない。

そこまで言いつのってから、いまは警察官ではない鏡に、ほんの数日前の件についてこんなに赤裸々に喋（しゃべ）ってよかったのかと、はっと我に返った。

「あ！　すみません、捜査内容を外部に洩（も）らす意図はなかったんですが」

ついそう口に出した一也に、鏡は笑みを浮かべて優しく告げた。

「いまの私は探偵として仕事の依頼を聞いているのではなく、かつて一緒に事件を捜査した刑事と世間話をしているだけだよ。友人である波多野が君をわざわざここへよこしたのもあるしね。もちろん、他人には洩らさない」

彼の表情と声音、セリフにほっと肩から力が抜けた。耳にする評判はともかく、自分は実際には、一年前の捜査本部で誰より的確に動いていた鏡、そしてここで再会した今日の彼しか知らない。にもかかわらず、この男であれば情報をよそに洩らすようなことはないと、不思議なくらいはっきり信じられた。

それに、現在自分がこの事務所にいるのは、課長の波多野の介在があってなのだ。鏡なら話くらいは聞いてくれる、助言のひとつふたつはくれるんじゃないかと波多野が言ったからには、現在の展開は容認されているといってもいいのだろう。

「都築くん。いったん落ち着こうか」

そこで鏡からてのひらでカップを示され、喋ることに夢中になりすっかり存在を忘れていた甘いコーヒーをようやく飲んだ。放置しているあいだにぬるくなっていたが、それでも、高価な豆を使っているとわかる上品な香りが感じられて、充分に旨い。

同様にカップを口へ運びながら、鏡は少し視線を下げてしばらく黙っていた。なにかを見ているというのではなく、思考を巡らせているといった目をしている。

そして、長い間のあとようやく口を開いて「珍しい色の花だ」と呟き、眼差しを一也に戻して言った。

「まずは我々がいま知っている共通点から探ってみるのが妥当かな。都築くん、三つの現場にあった黒いチューリップを科学捜査研究所に回すことはできないか？　偶然なのか、関係があるのか、品種を特定すればなにかしら見えてくるかもしれない」

「科捜研、ですか。頑張ってみますが、いまのおれは組織の一員じゃなく個人として動いているので、課長の許可をもらえるか……」

「この場所を君に教えた波多野なら、頭ごなしに却下はしないのではないかな。まずは話をしてみるといいよ」

つい懸念を洩らしたら、そんなふうに返されたので、自分にメモを差し出した上司の姿を改めて思い浮かべ、「はい、そうですね！」と答えた。確かに、鏡に話を通してくれた波多野であれば、渋い顔はしたとしても、絶対に駄目だ、とは言わないだろう。理由を説明して頼み込めばなんとかなるかもしれない。

「では私は二年前の事件かな」

鏡は再度コーヒーカップを傾け、静かにソーサーに戻してから続けた。

「去年と今年の死亡者、林さんと西川さんの件については、実際に現場に出向いている君が受けた印象が大事だ。君はもう一度、二件の現場で見たものや感じたことをよく思い出してみて。調査のヒントは最初は小さな形をしているものだよ、そして人間の記憶は頼りになる。正確であればね」

「わかりました。客観的に、変な先入観を持たず、現場を思い出してみます」

「私は一昨年発生した自殺について、以降の二件と接点がないか少し調べてみよう。共通点があるとはいえ、君の知る二件の死亡者には、いまのところ接点は見つかっていないんだよね？　ならば二年前の死亡者とはどうなのか。行動や交友関係に重なる部分があるのかないのか」

　鏡の言葉に、ぱっと気持ちが明るくなった。つまりこの男は自分に協力してくれる、ということか。処理済みなのだからもう諦めろと言われてもしかたがない、自分の感じた小さな引っかかりを、彼はともに探ってくれるのだ。自分ひとりではできることにも限りがあるが、優秀な元捜査一課員の鏡の力が借りられるのなら、こんなに心強いことはない。

「ありがとうございます、よろしくお願いします！」

　小さく頭を下げて礼を述べてから、弾む気持ちのままに、素直な思いを声にした。

「いや、もう、本当に嬉しいです！　大きい規模の捜査本部で遠くから見てるだけじゃなく、近くにいられるペアみたいに、憧れの鏡さんとこんなふうに話しあって、一緒に事件を追ってみたかったんです」

「憧れ？」

「そうです。腕が立って格好よくて、どんな事件でも解決して！　おれにとってだけじゃなく、きっと誰にとっても、鏡さんは憧れの捜査一課です」

　少し首を傾げた鏡にそう告げると、彼は、参ったな、というかのように苦笑した。

「憧れてもらうほど大した才能は持っていないし、私はもう一課でもないよ。それに、これは事件の捜査ではなく、ただの世間話だ。だから契約書も交わさないよ」

「え？　いやっ、そういうわけにはいきません！　契約書は書きますし、もちろん規定通りの調査料も払います。その、金額によってはローンになるかもしれないですが、それでもちゃんと」

「世間話に金の話を持ち込む、というのは野暮ではないかな？」

さらに言いつのろうとした一也を、そんなセリフと微笑みで黙らせ、またひと口コーヒーを飲んでから鏡は続けた。

「この事務所は通常十時から二十時まで開けている。火曜日は定休日だ。けれど、営業時間外でも三階にいるときには、ドアの横にあるインターホンを鳴らして呼んでくれれば下りてくるから、また世間話をしにきて。そこのインターホンは三階につなげてあるんだ」

「三階？　上にも鏡さんの事務所があるんですか？」

「いや。目下の住まいだよ。この雑居ビルは知人が所有するもので、二階の一角を事務所、三階のワンフロアを居住スペースとして借りている。ああそう、電話番号を教えておこう。ここに住んでいるとはいえ外出しているときもあるし、留守番はいないから、急用の場合は携帯に連絡してくれるかな」

鏡から固定電話と携帯電話の番号が記されている名刺を差し出され、慌てて自分も名刺を取り出し、ボールペンで私用の電話番号を書き添えた。

「ありがとうございます、おれのもお伝えします。こっちが個人用の携帯の番号なので、なにかあったら電話をください。捜査中とかですぐに出られなかったら、メッセージを残していただければ折り返します」

「うん。ありがとう」

優しく笑う鏡と名刺を交換したあと、カップを傾ける彼にならい、喋ってばかりであまり口をつけていなかったコーヒーを飲んだ。ちょっとした間に訪れた、穏やかな沈黙にほっとひと息ついたのち、大分緊張もほぐれようやく場になじんできた目で、改めて事務所内を見回す。

部屋には、いま座っている応接セットと奥にあるデスク、あとは背の高い書架が二台と、コーヒーメーカーやカップが置かれた棚があるだけだ。そこそこ広い事務所なのに、客人を迎えるカウンターや、鏡以外のスタッフが使うための机などはない。

「留守番がいないってことは、この事務所は鏡さんひとりで切り盛りしているんですか？　受付とか助手とかいるのかと思ってましたが」

なんの気なしに訊ねると、そこで鏡はどこか複雑な笑みを浮かべて静かに答えた。

「うん。ひとりでいいんだ。もう誰も失いたくないから」

もう誰も失いたくない、とはどういう意味だ？　鏡の言葉の真意がわからず一瞬戸惑うものの、すぐに、彼が警察官を辞めるきっかけになったのだろう、一年ほど前に起こったあの事件を思い出した。

「……鏡さん。それは一年前の」

しかし、一也が口を開き次の質問を発しかけたところで、それを拒むように鏡は「いまの時点ではここまでだね」と言った。

「都築くんはまず、署で二年前の事件の報告書に目を通してみて。亡くなったひとの名前や住所、職場、家族構成、そのあたりがわかればなにか糸口が見つかるかもしれないよ。一昨年の件については君も現場に立ってはいないから、記憶ではなく記録に頼るしかない」

「あっ、はい。わかりました」

　発言を遮るくらいなのだから、鏡はあの事件については語りたくないのか、というのはなんとなく察せられた。ならばこれ以上言及しないほうがいいかと、話題を戻した鏡に合わせ、スーツから手帳を取り出す。

「すみません、ここでメモを取ってもいいですか？　一度まとめておきたくて」

　先ほど声にしかけたものとは違う問いを口にすると、鏡は「もちろん」と答えた。それから、事務所で話した内容や今後の方針を手帳に書き込んでいる一也に向けて続けた。

「そして次にすべきは、三件の現場にあった黒いチューリップを入手して、科捜研へ解析を依頼することだ。忙しいとは思うけれど、頑張ってみてくれ。そのあいだに私も少し動いてみるから、二年前の件の詳細がわかったら教えてほしい」

「了解です。最初に一昨年の事件の報告書を確認して、詳細を鏡さんにも伝える。次になんとかしてチューリップを集めて、課長の許可を取って、科捜研に回す、と。頑張ってみます」

　鏡からの指示をメモしながら返したら、彼は「うん」と短く言い、ひと呼吸を置いたのちにこうつけ加えた。

「今日はひとまず、以上かな」

　その態度から、どうやら自分は、鏡が触れられたくない過去にうっかり手を伸ばしかけてしまったようだ、というのは先よりはっきりとわかった。であれば、彼の言ったようにいまの時点ではここまでだ。

鏡の心のうちを聞いてみたくはあるものの、一年ぶりに会えた憧れのひとを相手に、早々に不躾な質問をぶつけたくはない。なにより、以上、と告げられてなお無遠慮に居座るわけにもいかないだろう。

手帳をしまい急ぎコーヒーカップを空にして、「ありがとうございました」と礼を告げ事務所を出た。木製のドアを閉めてから振り返り、鏡探偵事務所、と記されたプレートをじっと見る。

捜査一課員だったころと同様に、一也にとって鏡は実に魅力的な男だった。姿も仕草も表情も、言葉づかいも態度も好ましい。事件を客観的に見る冷静な目も、周囲に的確な提案や指示を出す姿勢も変わっていないし、自分の知っている憧れの刑事そのままだ。

しかし鏡には、話題にすることすら避けたい過去がある。きっと彼はいまでもあの事件を引きずっているのだろう。

ひとりでいいんだ、か。

ビルの階段を下りながら、彼が口にした言葉を思い返して、つい「本当にそれでいいのか?」と独り言つ。憧れの刑事だったときのまま、ではあるのだろうが、署の自動販売機前で言葉を交わした鏡とは違い、今日の彼にはなんとなく翳があったように感じられた。彼が不意に浮かべた、複雑な笑みのせいかもしれない。

あれは一年ほど前、林が亡くなった件のすぐあとに起こった、連続殺人事件の捜査中だった。通称、山手(やまのて)事件。発生箇所が山手線の線路沿いだったことから、捜査官のあいだではそう呼ばれていた。

一也の属する所轄署の管轄内で事件が発生したため、署に捜査本部が設置されることとなった。刑事になったばかりだった一也にとってははじめての経験で、ひどく緊張したのを覚えている。

本部には、刑事課をはじめとする署内の警察官が詰めており、警視庁からは捜査一課殺人犯捜査係の一個班が合流していた。その班の一員として鏡がいたのだ。

二人組で捜査にあたる鏡のペアに指名されたのは、櫻井(さくらい)という所轄署刑事課所属の男だった。櫻井は署内でもひときわ頭の切れる刑事で、腕利きとして知られる鏡の相棒として相応(ふさわ)しいように思われた。

実際彼らは波長が合っていたのか、誰の目にもよい相棒として映ったし、調査に出れば他のどのペアよりも速くて正確な結果を本部に持ち帰った。いつしか鏡と櫻井は、事件捜査の実質的な中心人物としてみなに頼られるようになっていた。

だが、その山手事件で、櫻井は命を失ったのだ。

櫻井が亡くなったのは、本部設置から三週間ほどを費やした捜査の末、ようやく犯人逮捕にこぎつけたある夜のことだった。犯人宅へ踏み込んだ警察官のうち櫻井が、包丁で腹を刺されたのだ。

新人刑事だった一也は犯人宅のすぐ外で待機していたため、現場は見ていなかった。しかし、櫻井の名を呼ぶ鏡の悲痛な声は、一也の耳にも聞こえてきた。

犯人は即取り押さえられ逮捕、櫻井は病院に搬送されたが、そのまま亡くなった。事件は解決し捜査本部は解散となったものの、警察官からも死者が出た事実に、関係者の誰しもが後味の悪さを噛みしめていた。

そして鏡は、そのすぐあとに警察を辞めた。

先輩刑事たちから聞いた話では、鏡はペアが死んでしまったことに、強いショックを受けた様子だったという。なんでも鏡は、山手事件が起こる前から、軽犯罪をくり返していた犯人を危険視はしていたが、その内容だけでは禁錮や懲役といった刑罰を彼に科すことができなかったらしい。大きな事件が起こるまでは警察も強くは出られない、ということだ。

そのせいで犯人の行動は連続殺人事件を起こすまでにエスカレートし、結果、被害者のみならず自身のペアの命まで失われた。山手事件で生じた死の責任は、危惧していながら動けなかったおのれにある。鏡がそう考えたのだとしたら、確かに彼は言葉では表現できないほどのショックを受けただろう。

山手事件が鏡に与えた精神的苦痛は、一也に計り知れるものではない。それでも、鏡がひどく傷ついたのだということはわかる。でなければ本部解散後すぐに辞職なんてしなかったはずだ。

タイミングから見ても、彼が警察組織から離れた理由が、山手事件、端的にいえばペアの死にあるのは明らかだ。誰にも肩代わりできない、誰も癒やしにはなれない苦しみを、鏡はひとりで背負ってしまったに違いない。

そんな彼の傷に、自分は無自覚にも触れてしまいそうになったのだ。

探偵事務所を訪れた翌日の月曜日、一也は普段より早く署へ向かい業務に取りかかる前に、まずは鏡が言っていた二年前の事件の報告書をざっと確認した。

死亡者の名は佐々岡。三十代の女性だ。鏡から教えられた通り、練炭による一酸化炭素中毒死であったこと、部屋に黒いチューリップの鉢植えが置かれていたことといった現場の状況は、その後の二件と同じだったらしい。単純な自殺と判断されていたのも同様だ。

練炭に珍しい色の花、報告書の記載や写真を見ただけでも知れる共通項か。確かにこれは引っかかる。資料のコピーを取ってひとのいない朝の休憩室へ行き、自動販売機で買ったカフェオレを飲みつつ細部にまで目を通して、頭の中で情報を整理してから鏡に電話をかけた。

『わかった。別件の合間を縫う形にはなってしまうけれど、佐々岡さんという女性が生前どのように暮らしていたのか、その生活の中でのちに亡くなったふたりとの接点はなかったのか、私にできる範囲で調べてみよう』

回線越しに死亡者の詳細を伝えると、昨日聞いたのと同じ穏やかな鏡の声が返ってきたので、ほっとした。誰が見ているわけでもないのに頭を下げて「ありがとうございます!」と礼を言い、向こうから通話が切れるのを待って携帯電話をスーツにしまう。

そののち、刑事課室へ向かい午前中の仕事をこなして、さいわいにも大きな事件も起こらず、みなが書類の処理に終われているこの隙にと、昼休みに署を抜け急ぎ三人の死亡者の実家へ足を運んだ。科学捜査研究所へ解析を依頼できないかと鏡から提案された、黒いチューリップを手に入れるためだ。現場はもう保存されていないので、花が存在している可能性があるのは、彼らの実家しかない。

昨日鏡はあっさりと、三件の現場にあったチューリップを入手して、と言ったが、西川はともかく他のふたりの自殺からは時間がたっているし、簡単に集められるものでもないだろう。もう鉢植えも捨てられているかもしれないと不安になりつつも、訪れた彼らの実家で身分を告げ訊ねると、家族の遺品だからとどの家庭でもチューリップは大切に育てられていた。

ちょうど開花時期のようで、西川の所持していたものだけでなく、他ふたつの鉢でもチューリップは綺麗な花を咲かせていた。

「その鉢植えを譲っていただくことはできますでしょうか。もう一度、事件について調べさせてほしいんです。突然のお願いで申し訳ありませんが、ご検討ください」

深く頭を下げてそう頼んだら、西川、林、佐々岡、いずれの実家でも、死亡者たちの家族は一也にチューリップの鉢を渡してくれた。のみならず彼らは、家族の死に真摯に向きあってくれてありがとうと言い、一也と同様に頭を下げ感謝を示した。

礼を告げられるなんて思っていなかったので、少し驚いた。それから、西川たちのためにも、その家族のためにも、必ず事の真相を明らかにしなければと決意を新たにする。

車の後部座席に並べ改めて眺めたチューリップは、正確には濃い紫色ではあるものの、黒い花と表現するに相応しい色合いをしていた。どれも同じチューリップに見えるが、素人目では確かなところはわからない。

そして、物がそろった昼休み後、死亡者たちの実家でそうしたのと同じく課長の波多野に頭を下げ、科学捜査研究所に花の解析を依頼したいのだと説明し許可を請うた。

「無理を言うな、都築。自殺として処理済みの事件のために、いまさら科捜研に手間をかけさせるわけにはいかないだろう」

「ですが、おれはどうしても知りたいです。各々の現場にあった似たような花がどんな品種なのか、同じものなのか違うものなのか。その結果によって、事件の見えかたが変わってくるかもしれません。いまはとにかく、正確な情報をひとつでも多く集めたいんです。だから、お願いします！」

波多野は想像していた通り渋い顔をして一度は却下したものの、一也が引かずに食い下がると、納得したというより負けたとでもいいたげな表情をして「科捜研には俺から伝えておく」と頷いた。鏡に話を通してくれたり、説得すれば結局はのんでくれたり、なんだかんだいってこの男はやっぱり自分に甘いと思う。

波多野に礼を述べてから、急ぎ警視庁内にある科学捜査研究所へ黒いチューリップを届け、品種を特定してくれるよう頼んだ。そのあとはすぐに署へ戻り、先輩刑事たちに席を空けたことへの謝罪を告げて、午後の日常業務に取りかかる。

街での喧嘩だとか万引きだとか、こまごまとした事件の対応に追われ、気づいたら夜になっていた。当然ながら日々の仕事の手を抜くつもりはないし、となると三件の自殺について思案する時間がなかなか取れない。

その日は、昼間に警視庁へ出向き署を留守にした穴埋めのつもりで残業を買って出て、普段よりも遅い時間に帰路についた。署を出たところで目をやった腕時計は、鏡が言っていた探偵事務所の営業時間、二十時をとうにすぎた時刻を指している。鏡に科学捜査研究所へ花を預けた旨を報告したかったが、これではさすがにビルへ押しかけるわけにもいかないかと、真っ直ぐに自宅アパートへ戻った。

気楽なひとり暮らしの狭い部屋で、買い置きしてあるレトルト食品を腹に詰め、シャワーを浴びて硬いベッドに寝転がった。薄い毛布にくるまりながら、昨日鏡から告げられた言葉を思い起こす。

彼は確か、今年と去年の事件について、現場で見たものや感じたことをもう一度よく思い出せ、とアドバイスしてくれた。調査のヒントは最初は小さな形をしているが、正確であれば、人間の記憶は頼りになるとも言っていた。

とはいえ、頭の中を探っても、ヒントらしきものの影すら見えてこない。なにせふたつの現場には生活感があまりなく、死亡した部屋の主(あるじ)の存在感すらも薄く思えるくらいに質素で、黒いチューリップを除いてはこれといって印象に残るものがなかったのだ。強いていえばその、印象に残らない、というのが現場の印象だ。

振り返れば、林と西川の部屋が同様に質素だったのも、ふたりの共通点のひとつに数えられるのかもしれない。しかし、似たような生活感に欠く住まいで暮らす人間なんてたくさんいるだろうから、二件の事件を結びつける根拠にするのも難しいか。練炭や黒いチューリップといった形あるものならともかく、部屋のありように抱いた印象なんて、それこそ偶然といわれてしまえばその通りだ。

「なら、もっと具体的に思い出せ。質素といってもひとが生活してたんだから、必要最低限の家具はそろってただろ。なにがあった？」

ぶつぶつと独り言を洩らしつつ、ふたりの自宅にあったものを、ひとつひとつ脳裏に呼び起こした。ローテーブル、座椅子、ベッド。食器棚と冷蔵庫、洗濯機。それくらいか。林の部屋には壁掛けのカレンダーがあったはずだが、素っ気ない丸印がついていたくらいで自殺に関する書き込みはなかったように記憶しているし、西川の自室にいたってはカレンダーさえもなかった。

ヒントはないのか。最初は小さな形をしている、ヒントだ。目を閉じて瞼（まぶた）の裏に現場を蘇らせているうちに、夜まで署で立ち働いていた疲れのせいもあるのか、そろそろ寝ようと意識する前にいつのまにか眠り込んでいた。

次にはっと目を開いたときには翌日、火曜日の朝になっていた。アラームをかけていなかったためか、普段の起床時間を少しすぎている。遅刻をするほどではなくても、のんびりする余裕はない時刻だ。

急いでスーツに着替えて署へ向かい、刑事課室で先輩たちと挨拶を交わしてから仕事に取りかかった。その日は電話詐欺の通報が相次いで、被害者たちから話を聞いたり書類を作成したりと忙しく、みなで諸々の処理をなんとか片づけたころには、いつのまにか終業時間になっていた。

ようやくの解放感に充ちた刑事課室で、デスクの後片づけと明日の準備をし、出入り口前で「お先に失礼します」と告げ頭を下げる。今日はばたばたしていて昼休みも返上だったし、三件の自殺について思案する暇もなかったが、定時までにきちんと仕事を終わらせられたので合格点だ。

署では無理ならば退勤後にじっくり考えればいい。せっかくだから、昨日は諦めたチューリップについての報告をしに鏡の事務所へ顔を出してみようと、ひとり足早に夜の署を出たところで、先輩刑事数人から声をかけられた。

「都築。もう帰るんだろ？　よかったら一緒に夕飯を食いにいかないか。この前中華の旨い店を見つけたんだよ」

「ええっと。すみません、中華は好きなんですけど、このあとちょっと用事があるんです。また今度教えてください」

申し訳なく思いつつ答えたら、先輩刑事のひとりが困ったような顔をして言った。

「例の自殺の件をまだ調べてるのか？　いや、文句を言いたいんじゃない。おまえは真面目に仕事に取り組むいい後輩だよ、だからちょっと心配してるだけだ。あの事件はもう処理済みで、組織の判断はそうそうひっくり返らない。これ以上探っても骨折り損に終わると思うが」

「心配かけてすみません、ありがとうございます。ただおれは、気になることがあると、どうにも落ち着かない性分みたいで。もちろん、通常業務を怠ったりはしませんよ！」

あえて笑顔で答えた一也に、先輩たちも呆(あき)れ半分感心半分という口調で「まあ、そういうところがおまえらしい」と笑って言い、道の向こうへ去っていった。気さくに声をかけてくれたり真摯な意見を告げてくれたりといった彼らの態度にも、心配しているだけというひと言にも、きっと嘘(うそ)はないのだろう。

自分は、波多野をはじめとする課の面々に可愛がられていると感じる。配属されてから一年ほどたつとはいえ、刑事課の中ではまだ一番の新入りだという自覚もあるし、自分を案じてくれている彼らに反抗するつもりはない。

それでも、一度胸に生じた引っかかりを、見なかったことにはできないのだ。

ここで足を止めたら、真実を知る力が欲しいと願い刑事を目指した過去の自分を、また、そのきっかけとなった中里を裏切ってしまうことになる。たとえそれが器用なありかたなのだと誰かに言われたとしても、自分の中にある思いを無視して引き返すなんてことはしたくなかった。


鏡探偵事務所についたのは、十九時少し前だった。

まだ鏡もいるだろうとドアをノックしてみるが、何度かくり返しても部屋の中から声が返ってくることはなかった。そっとドアに耳を近づけても物音ひとつ聞こえてこず、ひとがいる気配もない。事務所の主はどうやら今日は留守にしているようだ。

なにかしらの調査に出ているのかと首を傾げ、そこで、火曜日は定休日だ、という二日前の鏡の言葉を思い出した。すっかり失念していたが、今日は事務所が休みの日だ。

無事チューリップを入手して科学捜査研究所に預けたことを伝えたかったし、鏡の調査がどうなっているのかも聞きたかったのに、なんともタイミングが悪い。出直すしかないかと諦めかけたとき、ドアの横に設置されているインターホンが目に入った。

いくらか逡巡（しゅんじゅん）したのち、インターホンに手を伸ばした。営業時間外でも三階にいるときには呼んでくれれば下りてくる、先日鏡はそんなふうに言ってくれたのだ。休日の夜に押しかける形になってしまうのは気が引けるが、まずは声をかけてみて、返事がなければ、あるいは彼の邪魔になるようなら帰ることにしよう。

　インターホンを押したら、少しの間ののち『はい』と応える鏡の声がスピーカーから聞こえてきた。とりあえず在宅はしているようだ。

「こんばんは、都築です。すみません、定休日なのを忘れて来てしまいました。こちらの状況をお伝えしようと思っていたんですが、お忙しいようなら帰ります！」

　言外に、忙しくなければ話がしたい、という思いを込めて告げると、『そこで待っていてくれるかな』と返され声が途切れた。そのあとすぐに、階段を下りてくる足音が聞こえ、鏡が姿を現した。自分も長身なほうではあるが、向かいあって立つと彼のほうが幾ばくか背が高い。

　今夜の鏡はスーツ姿でこそなかったものの、糊のきいた、形のよい深緑色のシャツを着ていた。少し長い胡桃色の髪も綺麗に整えられている。自分など大抵の休日は部屋着のまま寝癖も直さずすごしているのに、彼はオフのときでもきちんとしているのだなと、妙な感心をしてしまった。

「こんばんは。せっかく来てくれたのなら、上でコーヒーでも飲んでいく？」

　またもやつい見蕩れていると、そんなふうに誘いかけられたので、はっと我に返り慌てて「はい、ぜひ！」と答えた。

「でも、いいんですか？　三階は鏡さんのご自宅なんですよね？」

「ひとりで自由気ままにすごす場所というだけだから、構わないよ。いまから事務所を開けるより上で話をしたほうが早いしね。君は私に調査状況を伝えにきてくれたんでしょう？」

一也の問いに、特になにも気にしていない様子で返し、鏡は先に立って階段を上がった。自宅に招かれ少々そわそわしつつも、彼に促されるまま三階の居住スペースに足を踏み入れる。

通された先にあったのは、テーブルと椅子、窓際に大きなソファがあるリビングダイニングキッチンだった。見る限り他にはトイレとバスルーム、ベッドルーム、あとは書斎らしき部屋がひとつあるようだ。ひとりで暮らすにはなかなかに広い。

「この時間ということは、仕事帰りに寄ってくれたんだろう？　おなかは空いていない？」

鏡からそう問いかけられて意識を向けた途端に、正直な腹が鳴った。こうなると隠すこともできないかと、少々情けない声で返事をする。

「ええと。その、ちょっと。あとで適当に食べようかと」

鏡は一也の返答に小さく笑ってから、「では軽食でも作ろうかな」と言って、袖をまくりキッチンに立った。

「え！　いえ、お気づかいなく！　空きっ腹で押しかけたおれが悪いので！」

「ちょうど気分転換をしたいところだったんだよ、料理というのはなかなかよい手段だ。私はもう夕食を摂ってしまったから、君、食べてくれないか？　それに、空腹だと頭が働かないよ」

慌てて止めようとしたら、そんなふうに返されてしまい、それ以上は遠慮もできなくなった。ならばせめて手伝わねばと、ホットサンドメーカーのスイッチを入れる鏡の背に歩み寄り、先より大きな声で告げる。

「じゃあ、なにかお手伝いします！　おれにできることはありますか？　なんでも言いつけてください！」

「では、コーヒーを淹れてくれるかな」

鏡は、食パンやハム、ツナといった食材を用意しながら、振り向かぬままコーヒーサーバーと台形型のドリッパーを指さして答えた。

「コーヒー、ですか」

「うん。飲もうと思ってついいましがた豆をひき、お湯を沸かしたところなんだ。事務所ではコーヒーメーカーを使っているけれど、部屋ではドリップするんだよ。時間に余裕があるし、そのほうがおいしいから」

鏡の説明に、豆の種類だけでなく淹れかたによっても味が違うものらしいと理解はした。とはいえ、コーヒーの香りは好きでも自動販売機でカフェオレを買うくらいで、まともにドリップしたことなんてないから、どうしたらいいのかわからない。

サーバーを前に唸っていると、一也の困惑を察したらしく、ホットサンドメーカーに食パンをセットしている鏡が小さく笑って「適当でいいよ」と言った。

「ペーパーフィルタをドリッパーに置いて、ああ、端は折ってね。豆はミルに入っている分を全部入れてしまって大丈夫。あとは、保温してあるコーヒーケトルのお湯を注ぐだけ。簡単でしょう？」

「ちょっ、と待ってください。ええと、お湯を注ぐだけって、どれくらいですか？」

「ひとに淹れてもらえるだけで贅沢だから、本当に適当でいいのだけれどね。そうだな、では最初に少しだけ注いで蒸らしてくれ。二十秒くらい」

　言われるままにペーパーフィルタをセットしコーヒーの粉を入れ、電気式のケトルを手に取り訊ねたら、優しい声で難しい指示をされた。少しだけとはどの程度なのだ、と若干悩みはしたものの、鏡からはそれ以上の説明がなかったので、自分が思う少しの量の湯を注いでみる。

「次は？　どうすればいいですか？」

　頭の中で二十秒数えてから、コーヒーの香りを楽しむ余裕もなく、早口で質問した。それが面白かったのか、食パンにハムを載せながら鏡はどこか楽しそうに答えた。

「ゆっくりお湯を注いでみて。ドリッパーからあふれない程度にね。あとは、注いだお湯がすべて落ちきってしまう前に、ほどよいタイミングで少しずつ足していく」

　ほどよいタイミングというのもまた難しいが、さらに問いを重ねれば時間がたちすぎてしまうかと、緊張しつつも無言でケトルを傾けた。言われた通りにすべく黙ったまま四苦八苦していたら、ホットサンドメーカーを閉めタイマーをかけた鏡が、先ほど同様小さく笑った。

　そのあと、隣から彼の手が伸びてきて、ケトルを摑んでいた右手にてのひらを重ねられたので、つい、びくっと肩を揺らしてしまった。

「膨らんでいた豆がくぼんでくるでしょう？　そうしたら何回かに分けて、こうして中央に回し入れるんだよ」

一也の動揺には気づいていないのか、手を握ったまま鏡が丁寧に教えてくれるものの、彼の言葉は半分も頭に入ってこなかった。はじめて知った鏡の、てのひらの感触や温度に、不意のときめきが湧きあがってきてますますうろたえる。

どうして自分の胸はこんなに高鳴っているのだろう。

探偵事務所で再会した日、鏡が協力の意思を示してくれたときは、ぱっと気持ちが明るくなるくらい嬉しくなった。一緒に調査ができると思ったら心が弾んだ。だが、あの日に覚えた高揚と、いま感じている胸の高鳴りは、明らかに違うものだ。

大きな手、身体が触れそうなほど近い距離、香水でもつけているのか仄かにいいにおいがして、息まで苦しくなってくる。落ち着け、そう自分に言い聞かせても、一度速まった鼓動はなかなか静まってくれなかった。

こんな感覚はひさしぶりだ。

「どうしたの？　少し難しかった？」

すぐ隣に立っている鏡に、幾分か高い位置から顔を覗き込まれて問いかけられ、ぞくっとした。手を握られたまま間近で低い声を聞かされて、すでにざわついていた気持ちがますます沸き立つのを感じる。

なにかしら答えなければと思うのに、声が出ない。きっと目が泳いでいるだろうし、これでは挙動不審もいいところだ。彼にあやしまれ、馬鹿みたいにどきどきしていることを見透かされてしまった

ら、どうしたって取りつくろえまい。

口もきけない自分にひとり焦っていたら、そこで、ホットサンドメーカーのタイマーが鳴る軽やかな音が聞こえてきた。鏡の手がようやく離れ、いくらかほっとしつつ目の前のサーバーを見ると、いつのまにかコーヒーもきちんと落ちきっている。

「都築くん。マグカップがそこにふたつあるから、コーヒーを入れてテーブルに持っていってくれるかな。この部屋にはコーヒーミルクを置いていないので、牛乳でもいい？　ああ、牛乳はあたためる？」

「えっ？　あっいえ、いや、牛乳で！　冷たくて大丈夫です！」

どうにか答えた声は少々裏返ってしまったが、鏡は特に構う様子もなく、ホットサンドを包丁で半分に切りながら「牛乳は冷蔵庫にあるから出してね」とだけ言った。案外と鈍いのか、それとも他人の反応はあまり気にしないタイプなのかはわからないものの、深く問われなかったことに安堵する。

冷蔵庫から牛乳を取り出しているあいだに、鏡が砂糖とスプーンを用意してくれたので、ふたつのマグカップにコーヒーを注ぎ片方を甘いカフェオレにした。そうしながら密かに深呼吸をくり返し、早鐘を打つ心臓をなんとか静める。

マグカップを置いたテーブルにふたりで着いたときには、おかげでようやく落ち着きを取り戻していた。鏡が運んでくれたホットサンドの皿を前に、改めて礼と詫びを述べる。

「おいしそうです、ありがとうございます！　お手数をおかけしてすみません」

「いや？　先ほども言ったように、これは私の気分転換だから。まあせっかく作ったのだし、あたたかいうちに食べてくれると嬉しいけれど。とはいえ、主に働いたのは私ではなくホットサンドメーカーだね」

笑ってそう言った鏡にてのひらで促され、小さく頭を下げてからホットサンドを手に取った。いざ食べ物を目の前にすると、いっとき忘れていた空腹感が再び主張しはじめて、声を返す余裕が消える。なにせ今日は忙しくて、夕食どころか昼食も摂っていないのだ。

口に運んだホットサンドは、おいしかった。ハムとツナがたっぷり入っただけのシンプルな料理ではあるが、自分のために鏡が作ってくれたのだと考えると、途端に特別なものに思えてくる。だからこそ余計に旨く感じるのかもしれない。

「おいしいです。おいしい」

洒落たセリフも思い浮かばず、ホットサンドに噛みつく合間に口に出すと、鏡は「そう」とだけ言って目を細めた。腹を空かせた猫に餌をやる飼い主みたいな、満足そうな表情だ。

遠慮もできず、あっというまにホットサンドを平らげて、ごちそうさまでした、と告げ再び小さく頭を下げた。鏡は、中身の残っているマグカップはそのまま、空いた皿だけをシンクに下げ、改めて一也の向かいに座った。

そして、ふたりそろってマグカップを傾けひと息ついたところで、こう切り出した。

「では、状況を報告しあおうか。協力して調査を進めるには、互いに相手の行動を把握し、情報を共有する必要がある。君は、三件の自殺についての調査状況を伝えにきてくれたんだったよね」

鏡の言葉に「はい」と返事をし、なんとか頭を切りかえた。危うく本題を忘れかけていたが、確かに自分は事件調査の話をすべく探偵事務所のドアを叩いたのだ。

三つの事件の遺族たちから譲り受けたチューリップを、昨日の昼に科学捜査研究所へ届けたと報告した一也に、鏡はまずひとつ頷いてみせた。それから、自身は電話で一也から聞いた情報をもとに、二年前の件における死亡者、佐々岡の周辺を少し調べてみたと説明する。

「でも、進展はなかった。昨日今日と、彼女の暮らしていたマンションの住人や、近所の店にあたってみたのだけれど、これといって新しい情報は出てこなかったよ。以降の二件の死亡者と接点があるのかどうかも、まだわからないね」

「今日も？　休みの日なのにすみません、ありがとうございます」

慌てて一也が礼を述べたら、鏡は小さく首を横に振った。

「いや。調べるべきことが目の前にあれば、休みなんてないよ。好きに動けるのがこの仕事のいいところなのだし」

なんでもないことのように彼はそう言ったが、決していいところばかりではないだろうと、少し心配になった。なにせ鏡はひとりで事務所を回しており、調査もまた、助手も雇わずひとりで行っているのだ。しかも定休日にすら仕事をするなんて、探偵というのはもしかしたら事件捜査中の警察官と同じくらい、あるいはもっと多忙なのかもしれない。

「鏡さんはどうして探偵になろうと思ったんですか？」

頭にふと湧いた疑問を、なんの気なしに声にすると、鏡は少しのあいだ黙った。そののち、いままでとは違ういやに静かな口調でこう答える。

「好きに動けるからだよ。時間的な意味だけでなくね。警察は事が起こってからでないと動けないけれど、その点探偵は自由だ」

「自由、ですか」

「そう、自由。だから困っているひとに、より早く手を差しのべられる。山手事件の捜査中に櫻井くんとそんな話をしたのが忘れられなくて。あのときも、大きな事件になる前から動けていれば、結果は違ったのかもしれない」

そこまで言って口を閉じた鏡の、はじめて目にする曇った表情を認め、不意にずきりと胸が痛んだ。それは、彼が先日見せた複雑な笑みよりも、心中の苦しみを感じさせる顔だった。

鏡はきっと、あの事件の際にも自由に動けていたら、ペアを組んでいた櫻井も死ぬことはなかったのかもしれない、と言いたかったのだろう。

先日も考えたように、やはり鏡には翳がある。ときに哀しい過去に呼ばれて心に広がる、暗くて重い翳だ。

この男は、山手事件でペアが刺殺された件に関して責任を感じ、深く傷ついた。そしてその傷は、一年ほどもたつのにいまだ癒えていないのだ。でなければ、櫻井の話を少ししただけで、そんな表情を浮かべはしないと思う。

　山手事件のことは忘れてくれ、などと言えはしない。人間は経験を積み重ねながら生きるものだから、過去があっていまの彼がいるのは確かなのだ。その過去がどのようなものであれ、なかったことにはできないし、してはならない。

　とはいえ、受けた痛みまでをもずっと引きずる必要はないだろう。記憶は消えずとも、過去は過去として片づけられる。いつか負った傷だって、時間の経過や他の楽しい経験を重ねることで、少しずつ治していけるはずなのだ。

　できることならば彼の傷を、僅かにでもいいから癒やしてあげたい。その痛みを和らげてやりたい。なんて、自分が願うのはおこがましいだろうか。

「ああ。話がずれた。ごめんね、聞かなかったことにして」

　自分はここでどんな声をかけられるのかと考え込んでいると、その一也が口を開く前に、鏡が普段通りの穏やかな口調でそう告げた。これ以上は語らないからなにも言わないでくれ、という意味だと思う。

　それから鏡は視線を壁掛け時計に向けて、空気の流れを変えるように「もう二十一時か」と口に出した。

「余計な話をしているうちに、こんな時間になってしまった。では本題に戻そう。都築くんが科捜研に届けてくれたチューリップの解析結果は、いつくらいにわかるのかな」

「チューリップ。はい、チューリップですね」

ずいぶんと強引な話題転換だと内心で少々驚きつつも、鏡が示す通り、なによりもまずは自殺の件について話しあわなければ自分がここに来た意味がないと、態度を合わせて答えた。

「科捜研の職員さんによると、可能な限り早く結果を出すとして二日後くらいとのことでした。解析自体にというより、各生産地から花を取り寄せるのに時間が必要なんだとか」

「昨日の昼に花を預けたんだよね。そうなると早くて明日、私が君から話を聞けるのはその夜以降か。ならば私は、明日も少し佐々岡さんについて調べてみるよ。彼女が勤めていた職場やその周辺にはまだ足を運べていないから」

「ありがとうございます、よろしくお願いします。おれは科捜研から解析結果を聞いたら、仕事が終わったあとにできるだけ早く鏡さんに伝えにきますね！」

力強く言って笑顔を向けると、その一也を見て鏡もまた微笑み、「忙しいだろうから無理はしないで」と返した。顔を曇らせていた彼が微かにでも笑みを見せてくれたことに、なんだか妙にほっとする。

その後、これからの調査方針についていくつか確認しあい、話もひと段落したところで、鏡が再度時計に目を向けて言った。

「さすがにもう遅いから、君は帰ったほうがいいね。刑事は頭も足も使う仕事なんだから、ゆっくり休む時間が必要だ」

もう少し鏡と話をしていたかったが、そうすると彼もゆっくり休めないのか、と思えば長居をすることもできない。残っていたカフェオレを飲み干し素直に椅子から立ちあがって、鞄を手に取り小さく頭を下げた。

「お休みの日に相手をしてくれて、ありがとうございました。ホットサンドもすごく旨かったです」

「こちらこそ、コーヒーを淹れてくれてありがとう。おいしかったよ」

櫻井の名が出たときの沈んだ表情などはなかったかのような、常と変わらぬ穏やかな笑みを浮かべた鏡にそう告げられて、また安堵した。いま、この瞬間に彼が笑っていてくれることが、どうしようもなく嬉しい。

できることならば山手事件で彼が受けた痛みを和らげてあげたい。先刻も覚えた、おこがましいのかもしれないそんな思いが再び込みあげてくる。そのために自分にできる最良の方法は、彼が過去に負った傷を無理やり暴くのではなく、こうして調査や日常の話をしながら笑顔でいられる時間を増やしていくことなのではないか。

玄関まで先に立って歩きドアを開けてくれた鏡は、靴を履いた一也に、最後にこう告げた。

「また来てね」

「はい！　もちろんまた来ます！」

調査の話をしよう、という意味だとしても、そのひと言に心が弾んで、返事をした声がいやに大きくなった。鏡はそんな一也に優しく微笑みかけてから、静かにドアを閉めた。

ビルをあとにして自宅アパートへ歩きながら、鏡とすごした二時間ほどを反芻した。調査について交わした会話を頭の中で整理し終えてしまえば、そうしたいわけでもないのに、重なったてのひらの感触やあのとき感じたときめき、そして山手事件に言及した際の彼の表情に意識が向いて、他のことが考えられなくなる。

彼の手はあたたかかった。なんだかいい香りがした。ホットサンドを貪る自分を見る目は優しく、満足そうだった。

それから、不意に翳りを見せもした。

思考や感情が鏡に占められているのは自覚できた。いまの自分は鏡という名のやわらかくて僅かばかり苦い湯に、じわじわ浸かりはじめているのだろうと、努めて客観的におのれを観察する。

胸の中がじんわりと熱い。この感覚は、知っている、かもしれない。

コーヒーの淹れかたを教えるために手を握られたときは、焦るばかりでろくに頭も働かなかった。しかし、ひとりになって振り返れば、湧きあがった動揺も速まる鼓動も切実で、ただただ自分に正直なものだった。

翌日、こまごまとした事件の処理や事務仕事に追われてすごし、ようやくひと息ついた十五時頃に、課長の波多野から声をかけられた。一也が一昨日訪れた科学捜査研究所から、黒いチューリップの解析結果が出たという知らせを受けたのだという。

しかつめらしい顔をして「日常業務はしっかりこなすように」と言った波多野に、はい、とはっきり返事をし、警視庁へ出向く許可を取ったのち頭を下げて刑事課室を出た。急ぎ訪れた研究所ではみな忙しく立ち働いていたが、一也が用件を告げるとひとりの職員が丁寧に対応してくれた。

彼によると、一也が預けた三つの黒いチューリップは解析の結果から、ブラックシャリーという品種によく似てはいるが合致はしない遺伝子配列を持つ、見たことのない交配種である、とのことだった。

黒いチューリップ自体、販売用に栽培し出荷している生産者は少ない。一般に流通している品種は限られているということだ。それらを入手しひとつひとつ一也の持ち込んだチューリップと照合してみたものの、完全に同じ種はなかった。おそらくは、遺伝子配列の似たブラックシャリーと、他のチューリップをかけあわせて作られたものだろう、というのが職員の説明だった。

その一方、三つのチューリップはすべて遺伝子配列が一致したらしい。

品種改良等の目的がある場合を除き、販売用のチューリップは通常、球根に養分をやるため種をつける前に花を摘み、分球させることで品種を維持しつつ増やすのだという。分球、すなわちひとつの球根から分けられた花は、すべて同じ遺伝子配列を持つからだ。

「遺伝子配列が固定されたものが、名のつく品種として市場に出されるということですよね。けれど、おれが解析を依頼したチューリップは、みな遺伝子配列が同じであるにもかかわらず、一般に出回っている品種ではない。だから交配種だと」

頭の中で話を整理しつつ一也が訊ねると、職員は「そうです」と頷いてから、さらに説明を加えた。

「庭や花壇に植えられたままのチューリップが自然交配して別の種を生むことはありますが、都築さんが持ち込んだような、鉢植えでひと株ずつ育てられている花がそうしてできたものである可能性は低いです。誰かが個人的に品種改良した交配種だと考えるのが妥当でしょう」

「つまり三つのチューリップは、誰もが購入して育てられる品種ではなく、ひとの手によって作られた特別な球根から分けられたもの、ということですか？」

「ええ、おそらくは」

少しのあいだ黙って彼の言葉を咀嚼(そしゃく)したのち、湧いた疑問をいくつか質問してさらに説明を受け、最後に黒いチューリップを育てている生産者の連絡先リストをもらい受けた。丁寧に礼を述べて研究所をあとにし、警視庁から署に戻るあいだに、いましがた得た情報を頭の中で整理する。

やはり黒いチューリップは、ほぼ確実に三つの事件を結びつけるものだ。だがそれは、現時点では単なる共通点であり、この三件がただの偶発的な自殺ではないことを示す証拠にはならない。まずは今日知った事実を鏡に報告し、確証を摑むために今後どう動くべきか改めて話しあったほうがいいだろう。

終業後、昨日のような失態は犯せないとファストフードを腹に詰め込んでから、鏡の住むビルへ足を運び探偵事務所のドアをノックした。はじめて事務所を訪れた日と同じ、「どうぞ」という声を聞いてからドアを開けると、デスクチェアに腰かけた鏡の姿が目に入る。今日はスーツを身につけているから、それが彼の仕事時の格好ということなのだと思う。

「都築くんか。こんばんは」

鏡は一也を認めて笑みを浮かべ、そう声をかけてきた。

「仕事帰りのようだけれど、今日はおなかは空いていないかな？」

「適当に食べてきたので大丈夫です」

常通りの穏やかな笑顔にほっとしつつ返したら、鏡はデスクチェアから立ちあがって言った。

「ではまず、座って、コーヒーでも飲んで落ち着こうか。急いで来てくれたんだろう？　髪が乱れているよ」

鏡からの指摘に慌てて手櫛（てぐし）で髪を直し、促されるままソファに腰かける。彼は、テーブルにふたつのコーヒーカップ、ミルクと砂糖を置いて一也の向かいに座り、てのひらでどうぞと示した。彼らしい優美で上品な仕草だ。

その手に従いコーヒーにミルクと砂糖を混ぜているあいだ、鏡は黙って自身のカップを傾けていた。そして、一也が甘いコーヒーを飲み落ち着くのを待ってから、「さて」と言い、事件の調査について切り出した。

「昨日打ちあわせた通り、今日は二年前に亡くなった佐々岡さんが勤めていた職場に行ってみた。佐々岡さんの同僚や、彼女行きつけの店の店員と話をしてみたよ」

僅かばかり身を乗り出して、「なにかわかりましたか？」と訊ねたら、鏡は軽く首を左右に振った。

「いや。事が進展するような情報は出てこなかった。おそらく、佐々岡さんは人づきあいに積極的なタイプではなかったのだろう。ここ数日調べてみてそんな印象を受けたよ」

「必要以上には他人と関わらない女性だったんでしょうか。でもそれだと、彼女が他のふたりと重なる交友関係を持っていた可能性は低くなりますね……」

困り顔で言った鏡にそう答えてから、小さく頭を下げ「調べてくれてありがとうございます」と礼を述べた。彼が三日間調査してもめぼしい成果がなかったのなら、死んだ三人のあいだには共通点こそあれ具体的な接点と呼べるようなものはなかった、あるいは、あったのだとしても簡単にはわからないくらい僅かなものだった、ということか。

もうひと口コーヒーを飲んで、次に一也が、科学捜査研究所の職員から伝えられたチューリップの解析結果を報告した。鏡はそれを最後まで聞き、少し考えるような間を置いたあと一也に訊ねた。

「要するに、亡くなった三人は世に流通している品種ではない、交配種のチューリップを各々所有していたということ？」

「はい。そしてその花はおそらく、誰かが個人的にブラックシャリーを品種改良したものではないか、とのことです」

科学捜査研究所で聞いた説明を思い出しつつ、誤謬（ごびゅう）が生じるのを避けるため慎重に説明した。中途半端な理解にならないよう、わからないところは質問し答えをもらってきたのだ。

「チューリップの品種改良をするには、花が咲いたあとに他の品種とかけあわせて種を採取し、その種を植えて球根として太らせる必要があるんだそうです。種を採ってから花をつけるまでには五年くらいかかって、よい出来の交配種ならそこから増やしていくと」

「なるほど。つまり三人が育てていた三つのチューリップの遺伝子配列が一致する、というのが意味するのは」

「全員、誰かが作った交配種の、同じ球根から分球させた花を育てていたってことです」

鏡の言葉のあとを引き継いでまずは結論を述べ、彼が頷くのを認めてから詳細を加えた。

「花が終わったあとの球根には、子球という小さな子どもみたいなものがくっついているんだとか。これを分けて別々に植えれば、まったく同じ遺伝子配列のチューリップを別の鉢で咲かせられると聞きました」

「そうやって交配種を作り維持するのは、素人には難しいの？」

「いいえ。方法を知っていれば、手間はかかりますが専門家でなくてもできるそうです」

鏡は「そうか。よくわかった」と言ってから、一也の報告を頭の中で整理するかのように、眼差しを下げて黙った。彼が思考を巡らせているのなら邪魔をしてはならないと、一也も同様に口を閉じて待つ。

しばらく無言でいたのち、鏡は一也に視線を戻し、そこで少しばかり話題を変えた。

「この情報から次に打つ手を検討してみようか。しかし、亡くなったひとたちの部屋に黒いチューリップがあったという事実には、少々複雑な思いを抱いてしまうよね」

「複雑な思い？　なぜですか？」

彼の言わんとするところがわからず単純に訊ねたら、ひと口コーヒーを飲んだ鏡から問い返された。

「都築くん。君は、黒いチューリップの花言葉を知っている？」

想定外の質問にきょとんとして、それから正直に「知りません」と答えた。その一也からまた僅かに視線を外し、鏡はいやに静かな口調で言った。

「私を忘れて、だよ。そんな花言葉を持つチューリップを西川さんたちは大切にしていたんだ。彼らにとっては特に意味などなかったのだとしても、私はなんだか切なくなるな。ひとが亡くなったことを忘れられるわけもないのにね」

感情の読めない声音とそらされた目に、昨夜と同じ翳のような憂いを感じて、あのとき同様胸が痛くなった。彼はいま、一年前に命を落とした櫻井のことを思い出しているのだろう。

これまで、山手事件の話に触れかかるたび、避ける、というより逃げるかのように鏡は話題を変えた。その態度からも、彼がいまだに過去の悲劇に囚われているのは明らかだ。

いままでは、鏡が触れられたくないのなら自分からはあまり踏み込まないほうがいいかと、彼のそんな態度に合わせてきた。だが、今夜は言葉をのみ込むことができず、気づけば心のうちが声になっていた。

「誰だって起こった事実を忘れることはできません。ですが、山手事件での被害について鏡さんが罪悪感を覚える必要はないと思います。櫻井さんも、鏡さんを苦しめるために命をかけたんじゃないでしょう」

鏡はそこで、はっとしたように一也に視線を戻した。あまりにもストレートな一也の発言に驚いたらしい。

そののちに彼は、どこか切なげな、悩ましげな笑みを浮かべてこう言った。

「君はずいぶんと真っ直ぐにものを言うね。私を慰めようとしてくれているのかな。でも、私のためにどうしてそこまで言ってくれるの？」

鏡からの問いに、すぐには答えられなかった。少しでも彼の傷を癒やしたい、痛みを和らげてあげたい。先日も胸に湧いたその感情は本物だったが、どうしてと訊かれると戸惑ってしまう。

鏡は、なんと返事をすればいいのか迷っている一也を待たずに、静かに続けた。

「都築くんの考えているように、櫻井くんの件で私が罪悪感を抱いているのだとしても、君が気にする理由はないよ。なのに君は私に優しくしてくれるんだね。私はそんなに不安定に見える？」

重ねて問われ、しばらくのあいだ無言のまま必死に考えた。それから、質問への明確な回答にはなっていないと自覚しつつも、ただただ正直な気持ちを口にした。

「……おれは、鏡さんに苦しんでほしくないと思っています」

発した言葉が真摯なものであるのは伝わったらしく、鏡は胸に刺さるほどの強い眼差しでじっと一也を見た。そののちに、ふっと淡く微笑み短く言った。

「そう」

一也の訴えを退けこそしないが、そのまま受け入れるのも難しい、といったところだろうか。いくらか待ってはみたものの、鏡は一也を見つめているばかりで、それ以上言葉を続けるつもりはない様子だった。

こちらも口をつぐみただ眼差しを返していると、長い間ののちに、鏡は声音を普段通りの穏やかなものに戻してこう告げた。

「ああ。昨日に引き続き、また話がずれてしまった。ごめんね。では我々がいま追っている事件の話をしようか」

がらりと空気が入れかわるような感覚にすぐには思考が追いつかず、「はい」と返事をするのに一拍空いた。鏡はそんな一也に一度頷いてみせてから、それまでの話題など忘れたかのような口調で、事件についての見解を述べた。

「いまはまだ状況から推察するしかないにせよ、この三件は都築くんが疑問を抱いたように、偶発的に起こったただの自殺ではないと私も思う」

鏡と同様にひとつ頷き、なんとか頭を切りかえて同意を示した。

「はい。まだ証拠と呼べるものはないですが、死亡者たちが同じ遺伝子配列のチューリップをそろって持っていた以上、三つの事件が完全に無関係であるとは考えづらいです。自殺方法についてはともかくとして、チューリップについては偶然だと片づけるのには無理があります」

「なにせ市場にはない交配種だからね。現在ある情報に頼る限りでは、彼らは友人でも知人でもなかったようだし、三人の関係性はわからないけれど」

「知りあいでもない三人が、どうして同じチューリップを育てていたのか。そもそもどこで手に入れたのか……。じゃあ、まずはおれのほうで黒いチューリップの生産者たちにあたってみますので、花の件はちょっと預からせてもらえませんか」

一也がそう申し出ると、鏡は意図を問うように少し首を傾げた。その彼に、科捜研でもらった数枚のリストを鞄から取り出して見せ、説明を加える。

「黒いチューリップを栽培、出荷している生産者のリストです。彼らに市場には出していない品種があるか訊いてみます。開発中の交配種とか登録前の新種とかが存在していて、どこかから人手に渡った可能性もありますし。これくらいの件数ならすぐ調べられると思うので、確認したら報告します」

鏡は、一也が手にしているリストを見て「確かにあまり多くはないね」と言い、すぐに視線を戻して微笑みを浮かべた。

「では、チューリップの件は君に任せよう。忙しいだろうから、無理はしないでね」

「はい！」

常と変わらぬ鏡の笑顔を見てほっとし、力強く返事をしたら、彼は満足そうに笑みを深めた。コーヒーカップを口へ運び、少し考えるような表情をしてからこう告げる。

「ならば私は、林さんの資料に改めて目を通しておこう。佐々岡さんの周辺をこれ以上調査しても収穫はなさそうだからね。私は現場に立っていないので、活字と写真を確認することしかできないけれど、新たな視点で見るよう努めるよ。花以外にもなにか手がかりが潜んでいるかもしれないし」

鏡は、日曜日に一也が渡した一年前の事件の資料を、きちんと管理してくれているようだ。よろしくお願いします、と返したのち、私は現場に立っていないので、という彼の言葉に蘇った記憶を声にする。

「そういえばこのあいだ、鏡さんに言われたように、もう一度ふたつの現場を思い返してみたんです。ヒントが隠れてはいなかったかと」

「うん。なにかあった？」

「いや……。なんというか、林さんの自宅も西川さんの自宅も、ヒントがあるとかないとか以前に、そもそもなにもないってくらい質素な印象で。強いていうならそれも共通点にはなるのかもしれません。でも、最近そういうひとは珍しくないから、それこそ偶然だと思いますが」

鏡は一也の言葉を聞き、「ふたりともミニマリストだったのかな？」と言ってから、質問を続けた。

「彼らの部屋にはどんなものがあったの？　質素とはいえ最低限の家具はあるだろう。写真だけではすべてはわからないし、覚えている限りでいいから教えてくれないかな」

　彼からの問いかけに、先日ベッドに寝転がっているとき思い起こした現場を、再度脳裏に描きつつ答えた。

「チューリップの鉢植え以外だと、ローテーブル、座椅子、食器棚。あとは冷蔵庫とかの電化製品です。服やら本やらが散乱してるおれの部屋とは真逆な雰囲気で、さみしいくらいでした。林さんの部屋には壁掛けのカレンダーがありましたが、事件に関係するような書き込みはなかったと思います」

「なるほど。以前写真を見たときにずいぶんと綺麗に片づいた部屋だと思ったけれど、質素でさみしいというのが、君が受けた印象なんだね」

　一也の説明にそう応じたのち、鏡は目を落としいったん黙った。ふたりの住まいがどんな部屋だったのかを想像しているのかもしれない。

「……もし鏡さんが現場に立っていたら、おれには見えなかったものも見えたのかもしれません」

　鏡が再び口を開く前に、ふと湧いたもどかしさをそのまま口に出した。

「鏡さんが言ったような、最初は小さな形をしているヒントが、いまのおれの目にはまだ映っていないんです。今回の件だけじゃなく他の事件でも、時々思うように事が進まなくて焦れったくなることがあります。もっと経験を積んで観察眼を磨かないと、事の真相を摑み損ねてしまう」

　その言葉になにを感じたのか、落としていた視線を戻した鏡は、少しのあいだ無言のまま一也を見つめていた。それから、ふと優しく目を細め、「君は本当に真っ直ぐだ」と言った。

「事の真相、か。ねえ都築くん。君はなぜ、ただの自殺だと処理された事件の真相をそんなにも知りたがるの？」

想定していなかった質問に、どう答えたらいいのかと幾ばくか悩んでから、あまり他人に話したことのない中学生時代の記憶や、当時の思いをありのままに話した。

中学三年生のときにクラスメイトが自殺した。子どもなりに精一杯の努力はしたが、結局彼の死の真相を知ることはできなかった。あのときに、自分の無力さを思い知ったのだ。

悲劇が起きてもなにもできない自分が歯がゆかったし、悔しかった。だから、物事の真の姿を見極められる力と立場を得ようと心に決めた。そのために刑事になったいま、あの日の決意を裏切らないためにも、直面した死の真実を明らかにしたい。

鏡は時々短い相槌(あいづち)を打ちながら最後まで一也の話を聞いてくれた。そののち、優しいながらもどこかが痛いとでもいうかのような複雑な笑みを浮かべ、静かな口調で言った。

「君はとても眩(まぶ)しいね。警察にいたころならともかく、いまの私では直視してはいけないような気がするよ」

鏡がなにを言わんとしているのかわからず一也が首を傾げても、彼はそれ以上を語ることはなかった。すぐに事件に話を戻した彼と、これから各々どう動くかを確認しあったあと、時間も時間だからと鏡に促され探偵事務所をあとにする。

眩しい、とはなんだ？　直視してはいけない、とはどういうことだ。夜の帰路で、彼の言葉の意味を考えてはみるものの、やはりいまいち理解できなかった。

鏡の笑顔は優しくて、同時に、僅かばかり苦しげだった。どうして彼はあんな顔をして、ああいったセリフを口にしたのだろう。

さいわいなことに、最近はさほど大きな事件もなく、署の管轄内は比較的平穏だった。とはいえ、朝から晩まで刑事がのんびりしていられるわけではない。スリや痴漢といった事件は毎日どこかで起こっており、その処理に駆け回っていれば、あっというまにときはすぎていく。

そんな中、一也はようやく取れた昼休みを使って、連絡先リストを頼りに黒いチューリップの生産者たちに電話をかけて話を聞いたが、期待していたような当たりはなかった。彼らによると、開発中の交配種や登録前の新種等はここ数年では出ておらず、また、たとえそういったものがあったとしても、一般人には譲渡されないという。

ブラックシャリーの交配種が生産者から流出している可能性はない。携帯電話を握りしめた一時間で得たものは、つまりはまだなにもわからない、という事実だけだった。

その日の終業後、課長の波多野から声をかけられた。刑事課室でいそいそと帰り支度をしていたら、少し話をしないか、と休憩室に誘われたのだ。

他にはひとのいない休憩室で向かいあった波多野は、仕事中の顔ではなく、さっぱりとしたオフの表情をしていた。

「鏡の様子はどうだった？」

前置きもなくそんなふうに訊ねられ、なんと説明したらいいものかといくらか考えてから、自分が感じたままを伝えることにした。

「本庁にいたころと変わらず、穏やかで優しいひと、という印象ですよ」

「そうか」

「ただ時々、なんといいますか、ちょっと翳があるように感じる……こともあります。苦しそうというか」

以前波多野から聞いた話によると、彼と鏡は警察学校の同期であり、むかしから気を許しあえる仲で、それは一方が退職したのちも変わっていないという。とはいえ、しょっちゅう顔を合わせるような密な間柄ではなく、用件があるときや季節の変わり目等に電話で話をする程度であるらしい。一定の距離は保ちつつも、きっと彼らは互いを認め尊重しあっているのだろう。

だからこそ波多野は、鏡の現在の様子を知りたいのだと思う。

「翳、か。どんなときに？」

今度はそう問われたので、自分の感情によって情報が偏らないよう、できるだけ単純に答えた。

「櫻井さんの話題になったときに、です。あくまでも私見ですが」

「いや。それなら、おまえの私見というより事実なんだろうな。櫻井が死んだとき、鏡は見ていられないほど落ち込んでいた。山手事件解決後すぐに警察を辞めて探偵事務所を構えたが、吹っきれたってよりはそうすることで無理やり自分を維持しているってところじゃないか。まあ、これは俺の私見だ」

波多野が話した内容は、一也にも理解できるものだった。友人の見解なのだから、それこそただの私見ではなく事実に近いのだろう。

　また幾ばくか考えたのち、波多野にはこれも伝えたほうがいいかと、いつか鏡が言った言葉をなるべくそのまま口にした。

「鏡さんは、探偵になった理由は好きに動けるからだとおれに教えてくれました。警察は事が起こってからでないと動けない、その点探偵は自由だと」

「あいつがそう言ったなら嘘はないよ。鏡は山手事件のあと、大ごとになる前から自分が自由に動けていれば櫻井が命を落とすこともなかった、と悔やんでいたからな。その気持ちが鏡を探偵にしたんだろ」

　見ていられないほど落ち込んでいた、悔やんでいた、か。当時、実際に近くで友人を見ていた波多野から、山手事件で鏡が味わった苦しみの一端を語られ、いつかと同様ずきりと胸が痛くなった。ならば自分が彼の傷を、僅かでもいいから癒やしてあげたい。その痛みを和らげてやりたい。先日から幾度か胸に湧いたのと同じ思いが、さらに切実に込みあげてきた。

　そのために自分にできる最良の方法は、彼が過去に負った傷を無理やり暴くのではなく、調査や日常の話をしながら笑顔でいられる時間を増やしていくことなのではないか。ホットサンドを作ってもらった夜、そんなふうに考えたのを覚えている。

しかし、波多野の話を聞いて、きっとそれだけでは鏡がまとっている翳は取り除けないのだろうと思い直した。彼には、心安まる穏やかなときをすごすのと同時に、苦しみの先に進めるような、なにかしらのきっかけが必要なのかもしれない。

「引き止めて悪かったな、都築。鏡の様子が少しはわかったよ、ありがとう。じゃあお疲れさま。俺はもう少し休んでから仕事に戻る」

うつむき考え込んでいると、波多野からそう声をかけられたので、はっと顔を上げた。もう帰っていい、ということらしい。

「あっ、はい。おれのほうこそ話を聞かせてくれてありがとうございました」

慌てて礼を告げ、最後に頭を下げて「お先に失礼します」と挨拶を口にした。休憩室の出入り口に向かいかけ、しかしそこで足を止めて振り返る。

「そうだ。課長、このあと鏡さんの事務所に行くつもりなんですが、なにか伝えることはありますか？」

「いや？　特には。鏡が生きているならそれでいい」

部下に様子を聞くほど気にかかるのなら、鏡に言いたいこともあるかと訊ねたのだが、波多野はそう答えひらひらと片手を振っただけだった。近すぎず、遠すぎず、それが彼らにとっての適切な距離感なのだろう。

「鏡さんは、警察は自由に動けないと言っていました。確かにそういう面もあるとは思います。けれど、課長は鏡さんの事務所を教えてくれましたし、おれが自由に動くのを止めませんよね」

これといって難しい意味もなくただ思ったままを口にしたら、波多野は今度は笑って言った。

「自由に動けなかったと後悔している男を知っているからな。少なくとも俺の手が届く範囲の人間には、同じ思いをしてほしくはない。そもそも、日常業務をしっかりやっている限り、おまえが勤務時間外になにをしていようが俺が口出すことじゃないだろ」

波多野の言葉からはもう鏡のような、警察官であるがゆえに行動できなかったことを悔い、過去の苦しみを引きずる誰かを見たくないという胸中がうかがえた。だから彼は、表面上はしばしば渋い顔を見せはしても、実際には自分を制止しないのではないか。

「……鏡さんがいまも苦しんでいるのなら、おれはなんとかしてその苦しみを過去のものにさせてあげたいです。櫻井さんが亡くなった事実は忘れてはいけないものですが、いつまでも引きずっていては前に進めないと思うので」

少し考えたのちに、なるべく慎重に心のうちを声にした。山手事件は解決して一年ほどたついまもなお、刑事課にとって、当然その長である波多野にとっても、反省点の多い非常に繊細な件だ。あまり無神経なことも言えない。

「あのとき鏡さんが負った傷は、多分まだちっとも癒えていないです。時間がたてば傷って少しずつ治るはずなのに、鏡さんはきっと悪いのは自分だと思い込んでいるから、あえて治そうとしてないんです。だったらおれはせめてその傷の痛みを、ちょっとでもいいから和らげてあげたいです」

一也が不意に真摯な思いを吐露したことに驚いたのか、波多野は二、三度目を瞬(またた)かせた。それから「おまえは本当に真っ直ぐなやつだな」と笑って言った。

「俺には鏡の傷を治すことはできない。あいつだって俺にそこまで踏み込まれたくはないだろう。だが、都築が治してやりたいと思うなら、やってみてもいいんじゃないか。馬鹿みたいに真っ直ぐな、おまえのようなやつが懐いてくれれば、まあ少しは気も晴れるかもな」

「これも、止めませんか」

「何度も言わせるなよ。署を出たらおまえは俺の指揮下にはない」

呆れるでもない波多野の態度に、安堵すると同時に決意が固まった。彼は鏡にとって、適度な距離を保ちつつ互いを尊重しあえる友人だ。ならば自分は、鏡の傷を癒やし、苦しみを取り払えるような存在になりたい。

暗くて重い罪の意識に苛(さいな)まれている鏡の手を摑み、翳のない、明るい場所へ引っぱり出して、彼がいつでも笑っていられるようにしてやりたいのだ。


その後、波多野と別れて署をあとにし、昨日と同じように途中で適当に夕食を摂ったのち、鏡の探偵事務所を訪れた。鏡がコーヒーとミルク、砂糖をテーブルに置き向かいに座るのを待って、昼休みに調べた事柄を簡単に報告する。

「黒いチューリップについて電話で確認してみましたが、開発中の交配種や登録前の新種といったものが、生産者から一般人に渡る可能性はないようです。そもそも、どの生産者もブラックシャリーの交配種は作っていないとのことでした」

「なるほど。そうなるとやはり、三つのチューリップは誰かが個人的に作った交配種から分球したもの、つまり三件にはなんらかの関係があると考えるのが妥当だね」

鏡の言葉に「はい」と返してから、コーヒーにミルクと砂糖を落としスプーンで掻き混ぜつつ考えた。死亡者たちの実家で受け取った黒いチューリップは、凛(りん)とした綺麗な花ではあったものの、華やかさよりも近寄りがたさのようなものを感じさせた。ひとの好みは多様だからなんともいえないが、一般的には、ひとり暮らしを飾るのに向いた花ではないと思う。

「三人はどうして黒いチューリップを育てていたんだ？」

首を傾げてつい呟いたら、ひと口コーヒーを飲んだ鏡が応えた。

「さて。少なくとも林さんと西川さんは、質素な部屋に住みながらも生活には不必要な鉢植えは置いていたし、佐々岡さんも花を大事にしていたようだ。だからなにかしらの理由はあるのだとは思うけれど、いまはまだ見えてこないかな」

「そうですね……。彼らがどうやって同じ花を手に入れたのかわからない現時点では、それを所有していた意味まで想像するのはまだ早いのかもしれません」

「うん。ただ、昨日も言った通り、花言葉を知っていると私的にはちょっと複雑な気分になるね。この件には無関係だとしても」

鏡はそう言って、コーヒーカップを傾け少しの間を置いたのちに、こんな問いを口に出した。

「都築くんは、黒いチューリップの花言葉のように、誰かから忘れられたい、もしくは誰かを忘れたいと願ったことはある？」

鏡の質問に、記憶をさかのぼりつつ「そういうのはあまりないですかね？」と答えたのちに、いや、あった、と思い出して深く考える前に声にした。

「ああでも、もう何年も前に大喧嘩して別れた恋人のことは忘れたいし、相手からも忘れられたいです」

正直に述べてから、しまった、調査の話をしにきた場で喋る内容ではなかったかと、慌てて口を閉じた。ひやひやしながら見つめた鏡は、しかし特に驚いた顔もせず、むしろ興味を覚えた様子で「なぜ？」と問うてきた。

口に出した手前ごまかすこともできず、振り返れば我ながら惨めないつかの恋を、かいつまんで説明した。

「おれが警察官になったばかりのころ、街で出会ったひとを好きになったんです。相手もおれを好きだと言ってくれたのが嬉しくて、すぐに夢中になりました。運命の恋人だ、なんて舞いあがったりして」

「そう。君は本当に、本気でそのひとのことが好きだったんだね」

「それはもう、本当に大好きでしたよ。でも、残念ながら本気だったのはおれだけでした」

ときもたち、とうに吹っきれてはいるものの、思い起こすとさすがに少々苦い気持ちにもなる。しかし、どんよりとした調子で語るのも情けないので、努めてあっけらかんと言葉を重ねた。

「相手にとっては、おれとの関係はただの遊びだったんです。それを知ったときには結構ショックを受けて、みっともないほどの修羅場を演じました。あそこまで醜態をさらしたことって他にないですね。だから、自分はもちろん相手の記憶からもできれば消したいです」

「ただの遊び、か。君はどうしてそう思ったの？」

「恋人ができたと浮かれていてしばらくわからなかったんですが、平日の夜しか会ってくれないし、こっちからの連絡にはほとんど出てくれないしで、ちょっと冷静になったら変だなと気がつきまして。それで問い詰めたら、相手、妻子持ちでした。恋は盲目とはまさにこのことかと」

続きを促すセリフを挟みながら話を聞いていた鏡は、その一也の言葉に一瞬だけ、僅かばかり目を見開いた。瞬（まばた）きをしていたら気がつかない程度に、ほんの少しだ。

彼はそれからすぐにいつもの穏やかな表情に戻り、一也を見つめて短く問うた。

「相手は男性？」

訊ねられてようやく、久方ぶりに、自分がマイノリティであることを自覚した。日々の生活に支障をきたすわけでなし、同性愛者とはいえこれといって苦労も苦悩もしていないので、普段は意識していないのだ。質問されなければわざわざ言及することもない。

「……変だと思いますか？」

先ほどよりもひやひやしつつ、柄にもなく小声で問い返したら、鏡は優しい表情をして答えた。

「いや？　別に変ではないでしょう。私は男性も女性も好きだから、半分は同じかなと思っただけだよ」

彼の返答を聞き、まずはほっとした。それから、男性も、というひと言を頭の中でくり返し、少し遅れてどきりとする。

なるほど自分は、彼の恋愛対象になりうるのか。

としても、それを知ったからといってなぜ鼓動が跳ねるのだと、そんな自分に戸惑った。ゲイだろうがバイセクシュアルだろうが望めば出会えるこの時代、指向の重なる誰かを前にしただけで胸が高鳴るなんてことはない。異性愛者だって異性を見るたび意識してはいないだろう、それと同じだ。

なのにいま自分は不意の高揚を覚えた。

あまり深く考えてはいなかったが、自分はもしかしたらこの男を好きになっているのか？　憧れのひとと再会し、ともにときをすごすうちに、恋心を抱くようになっていた？　だから、彼と恋愛関係になれる可能性はゼロではないと認識しただけで、こんなふうにどきどきしているのか。

そういえば、コーヒーの淹れかたを教えるためにてのひらを重ねられたとき、ひどくときめいたなと、ふと思い出した。ひとりきりの帰路で、じんわりと熱くなった心を持てあましつつ、この感覚は知っている、そう考えたことを覚えている。

あのときは、それ以上は自分の心中を探らなかった。しかしいま思えば、胸が熱を持つ切ないような感覚は、幾度か味わったことのある恋に似ていた、ということか。だからこそ自分は、無意識にもおのが思いの追及を避けたのだろう。

彼の傷を癒やしたい、痛みを和らげてあげたい。そんなふうに願うのも、あるいは、ただの憧れがもっと強い感情に転じはじめているがゆえなのかもしれない。

などとここで考え込み、ひとり唸っているわけにもいかないと、湧いた戸惑いを心の外へ追いやった。ひと口甘いコーヒーを飲んで気持ちを落ち着かせ、鏡のことをもっと知りたいという欲のままに、今度はこちらから問いかける。

「鏡さんは、忘れたいと思うような恋をしたことはありますか？」

「そうだな。ついていけないと振られてばかりで、恋人とはいつもあまり長続きはしないけれど、忘却を願うほどつらい恋愛の経験はないかな？　警察を辞めて以降は恋自体に無縁だし」

あっさりと鏡が口にした、ついていけないと振られてばかり、という答えは、妙に納得できるものだった。この男は美しいし頭もいいし、おそらくはとても優しいのだろう。そんな一見完璧すぎる人物だからこそ、恋の相手は彼に相応しくあろうと背伸びをして、結局は疲れてしまうのではないか。

とはいえ、そうでしょうねと素直に相槌を打つのも、訊ねておきながら無言でいるのも失礼かと、なんとか言葉を絞り出す。

「ああ、その。続かないというのは多分、頑張りすぎるひともいるっていうか？」

フォローにもならない曖昧な声を発していると、そこで鏡は不意に、いやに色っぽく目を細めた。

それから、鏡の眼差しに思わず黙った一也を真っ直ぐに見つめてこう告げる。

「引っ込み思案だったり、反対に天真爛漫（てんしんらんまん）だったり、いろいろなひとを好きになったよ。でも、君のように眩しいひとと恋をしたことはないね。こうして向きあうのもはじめてかもしれない」

眩しい、と評されたことは前にもあるが、つまりはどういう意味なのだ？　先日と同じく自分なりに考えてはみるものの、やはりよくわからないため、いったん理解は諦めて次の質問を口に出した。

「おれみたいな人間とは恋をしたことも、向きあったこともないのには、なにか理由があるんですか？」

「いや。単純に、きちんと接する機会がなかったというほどの意味だよ。だからいま君と話ができて嬉しいな。正義感が強くて真っ直ぐで、君は、過去に見たことがないくらい眩しい。こんなひともいるんだと驚いてしまうときがあるよ。そういうところが格好いいし、そのうえ君は時々、可愛いよね」

楽しそうに笑った鏡にそう返され、ひどく動揺した。格好いいとか可愛いとか、一年ほど前にも署で彼から似たようなことを言われたが、あのときのセリフとは込められた意味が違うと思う。

その様子を認めてなにを考えたのか、鏡は笑みを深めて唐突に、コーヒーカップの持ち手に添えていた一也の手に優しくてのひらを重ねた。

驚きと、先ほども覚え一度は追い払った高揚と戸惑い、それから抑えきれないときめきに襲われ、声を発せなくなった。ほんの数日前にも鏡は、コーヒーの淹れかたを教えるためにこの手を握った。しかし、この行動だってあのときとは込められた意味が違うだろう。

「君の手は、あたたかい」

口も開けずにいる一也に、どこかしら甘さを含む声で鏡が言った。

「後悔に足を取られ真っ直ぐ歩けない私みたいなものは、君のように真っ直ぐなひとに触れてはならないのだと思っていた。けれど、君も恋に夢中になったり傷ついたりする普通の男なんだね。ならば私でも触れていいのかな」

「……鏡さん」

「君が過去の傷を教えてくれたように、私の傷も隠さなくていいのかな？」

なんとか名を呼んではみたものの、鏡は気にしていないようで、やわらかく一也の手を握ったままそう告げた。彼が発した、私の傷、というひと言に思わず息をのむ。鏡はこれまでそんなふうに自身の苦しみを表現したことはなかった。

「私はもうしばらく、他人があたたかいなんて忘れていたんだ。いや、忘れようとしていた、と言うほうが正確かな。誰かが私より先に、私の目の前で冷たくなったらと考えると、いまでもとても怖くなる。でも、こうして君に触れていると、なんだか心があたたかくなるよ」

鏡は一也から手を離さずに続け、そして最後に、囁くような口調でこうつけ加えた。

「ねえ、都築くん。こんなふうに触れても、君は怒らないんだね」

はじめて聞く彼の声音に、今度こそ声が出なくなった。どう応じればいいのかなんてわかるわけもない。鏡は以降口を閉じ、優しいながらもそれまでよりは強い眼差しで、そんな一也をじっと見つめた。

重なるてのひらの温度や、心にまで割り入ってくる視線、空気の濃度が変わるような沈黙に、思考が追いつく前に勝手に鼓動が速くなった。当然、鏡が発した言葉の意味を考える余裕などない。ろくに息さえできず、ほとんど硬直したまま鏡を見つめ返していると、しばらくののちに彼がようやく手を離した。それから、普段通りの穏やかさでふわっと笑いかけられて、まるで催眠術が解かれたかのように、はっと我に返った。

「変なことを言ったかな？　ごめんね。君には、本心をきちんと伝えたほうがいい気がしたんだよ」

「……いえ、あの。おれは」

なにか返事をしなければと気持ちは焦るのに、まともな言葉は思いつかなかったし、発した声は掠(かす)れた。いましがたまで鏡のてのひらが重なっていた手も、強ばったままで動かない。

それを認めて鏡は再度「ごめんね」と告げ、見つめあう眼差しから一也を解放しようというように、視線を外した。

「君を困らせるつもりではなかったんだ。では、いま我々が追っている事件の話をしよう。私からの報告がまだだったよね」

テーブルの上にあった資料に目を移した鏡は、拍子抜けするほどさらりと話題を戻した。場に充ちていた、息苦しいほど濃密で仄かに甘い雰囲気が一気に去っていき、ようやく何度か深呼吸して胸を空気で充たす。

わけがわからない。鏡のてのひら、声色、視線、そのすべてに心臓は早鐘を打ったし、頭が真っ白になるくらいときめいたが、それらの意味するところが、まったくわからない。

なぜ彼はこの手に触れた。なぜ彼はあんなことを言った。なぜ彼は、相手を優しく刺すような眼差しで自分を見た？

しかし、一也がすっかり息を整える前に、手を握ったことなど忘れたかのような態度で鏡が資料を差し出してきたので、ついいましがたの言動の意図はなんだと問いただすことができなくなった。

「昨日話しあった通り、黒いチューリップ以外の新たな視点から事件を捉えるために、先日都築くんからもらった現場写真を改めて確認してみた。そうしたら、少し気になるところを見つけたんだ」

一也に資料を見せつつ告げた鏡の、いつもと変わらぬ穏やかな口調に、いくらか冷静さが戻ってくる。そうだ、自分は事件の相談に来ているのだったと頭を切りかえ、もうひとつ大きく深呼吸して、湧いた動揺や胸の高鳴りを無理やり追い払った。

「どこが気になるんでしょうか？」

差し出された資料を覗き込んで問うと、鏡は二件目の現場、つまりは林の自宅を撮った写真の一枚を指さして答えた。

「ここ。昨日君が壁掛けのカレンダーがあったと言っていたから、よく見てみたんだ。小さくしか写っていないけれど、林さんが亡くなる二日前の日付けに丸印がついているのがわかるかい。亡くなった日にすら書き込みはないのに、ここにだけ丸印があるから、なにか特別な意味がある日なのかと引っかかって」

鏡の指先が示しているカレンダーを見て、つい「あ！」と短く声を洩らした。いつだったか現場を思い返していたとき、脳裏には確かにこのカレンダーが蘇ったのに、素っ気ない丸印がついていたくらいで自殺に関する書き込みはなかった、と考えただけで流してしまった。

しかし、いざこうして鏡から指摘されると、さも意味ありげに見えてくる。自分は一年前実際に現場に立っていたし、目に映ったものも感じた印象も記憶にあるのに、そこにまでは注意を払っていなかった。

「これは、調査していませんでした。林さんが亡くなった当日の印ではなかったので、関係ないかと見すごしてしまって。この目で確かに見ていたのに、情けないです」

「私が気にしすぎなのかもしれないよ」

正直に告げた一也に、鏡は笑ってそう言った。フォローしてくれたらしい。首を横に振ってそんなことはないと示し、改めて写真をじっと見つめる。

「いえ、確かに引っかかります。とりあえず西川さんがこの丸印に関係していないか、おれのほうで調べてみていいですか。西川さんの事件はつい数日前に起こったばかりなので、まだ情報を確認しやすい状況にありますから。まずは、ご遺族が遺品を整理される前に、彼からあたります」

「わかった。では君に任せようかな。現状では私が動くより、警察官である君が動くほうが話も早いだろう」

　鏡は冷静な口調で答え、一也が彼に視線を戻すのを待って続けた。

「三つの事件が無関係ではないのなら、どこかしらに接点があるはずだ。引っかかるところをひとつひとつ調べていけば、いずれそれが見えてくる。今件においては、誰がどこでどうつながっているのかがわからないと、次に進めない」

「はい。いまはまず、この丸印ですね。もしこれが最初は小さな形をしているヒントだったとしたら、新しいなにかが見えてくる可能性がありますし！」

　事態が進展するかもしれないという期待に声を弾ませて返すと、鏡は楽しげに目を細めてひとつ頷いた。それから壁掛け時計に目を向けて「ああ、今夜も遅くなってしまった」と口にする。

「都築くんと話をしていると、つい時間を忘れてしまうな。君はそろそろ自宅へ戻って、ゆっくり休んだほうがいいね」

　鏡の言葉に慌ててソファから腰を上げ、鞄を手に取った。自分が帰らないと彼もゆっくり休めないだろう。別件の調査も抱えているようだし、あまり長居をするのも申し訳ない。

「お忙しいのにすみません。カレンダーの丸印の件、できるだけ急いで調べて、また報告しにきます！」

　ドアの前で小さく頭を下げて言うと、鏡は笑みを浮かべて「無理はしないでね」と答えた。その優しい表情を目にし、もう少し一緒にいられたらいいのにと名残惜しさを感じつつも、大人しく事務所をあとにする。

階段を下りビルから出て、いつも通り夜道を歩き出そうとしたところで、しかし、急に足が動かなくなった。一度は無理やり心から追い出したときめきが不意に、一気に蘇り、馬鹿みたいに鼓動が早鐘を打ちはじめたからだ。

鏡のてのひらの感触や甘い声、強い眼差しが鮮明に蘇り、先日以上の熱が心の中に生まれるのを感じる。なにを思って彼はこの手を握ったのだろう、胸を高鳴らせながら改めてそんなことを考えた。

昨夜、山手事件に言及したときの彼は、いまの私では直視してはいけないような気がする、などと口に出した。だが今夜は、私でも触れていいのかな、と言った。

君が過去の傷を教えてくれたように、私の傷も隠さなくていいのかな。あの言葉はきっと、彼にとっても自分にとっても、重要な意味を持つものだと思う。

ふたりきりで交わしたやりとりを通して、鏡は少しずつ自分に心を許してくれているのではないか。もしかしたらそれ以上、鏡に恋をしているのかもしれない自分と同じように、彼もこちらに好意のようなものを感じてくれているのではないか？

考えすぎだ、鏡の気まぐれだ。そう自分に言い聞かせても、湧きあがる淡い期待を完全に消し去ることはできなかった。それほどに、今夜重なってきた彼のてのひらは、あたたかかった。

翌朝、署へ出向く前に、一也は西川の実家を訪れた。二人目の死亡者、林のカレンダーに記されていた丸印に関係する事柄はないかを調べるため、再び頭を下げて西川の私物を借り受ける。

質素な自宅の印象と同じく、西川は普段からあまり物を持たないタイプだったようで、あてにできそうなのはスケジュール帳くらいだった。財布やカードケースはきちんと整理されていて、レシートの一枚も入っていなかったし、カレンダーはそもそもない。

始業前の署についてからさっそく開いた西川のスケジュール帳には、仕事と私事の両者に関するメモが細かく、隙間もないくらいびっしりと書いてあった。一週間ほど前の現場検証で確認したときのままで、遺族が手を加えた様子はない。

あのときも、一年前の事件と関係があるのではないかと引っかかりを感じたので、昨春の記載に目を通しはしたが、林に関連した書き込みはなさそうだと判断し、それ以上の注意を払わなかった。しかし改めてページをめくってみると、林が亡くなった日の二日前に福井(ふくい)へ出向いていたらしきことを示すメモがあった。

書かれていたのは、新幹線と特急列車、葦原(あわら)温泉駅発のバスの時刻。そして、とある温泉旅館の名前だ。

これはなにかあるのでは、という予感に、ぞくっとした。西川はあまり遠出を好むタイプではなかったようで、日々の予定が事細かに書き込まれているスケジュール帳に頼る限りでは、少なくともここ数年他に旅行らしきものに出かけた様子はない。

午前中の業務をこなしたあと、他にはひとのいない昼休みの裏庭で、西川のスケジュール帳に書かれていた温泉旅館へ電話をかけた。身分を告げて責任者とかわってもらい、西川、次いで林について訊ねたら、宿に残る記録を調べているらしきしばらくの間のあとに、彼はこう答えた。

『西川様というかたでしたら、お訊ねの一年前の四月、当旅館に一泊で滞在されています。宿泊名簿に直筆でのご記名があります』

「ありがとうございます。では、先ほど私が名を挙げた林さんという女性はどうでしょうか」

『そのかたの記載もあります。西川様がお泊まりになったのと同じ日に一泊されていますね。記録によると、西川様も林様もおひとりでのご宿泊で、お部屋は別々ですが』

宿の責任者の返答に、先ほどの予感がよりはっきりとしたものに変わり、高揚した。これは、なにかある。いままではまったく知れなかった林と西川の接点が、見つかるかもしれない。

さっそく鏡に報告しなくてはと、午後の仕事を必死に片づけ、定時ほぼぴったりに署を出て彼の住んでいるビルへ出向いた。探偵事務所のソファに座り、いつも通りコーヒーが用意されるのを待つ余裕もなく、昼休みに知った事実を鏡に伝える。

「林さんは、亡くなる二日前に、葦原温泉の旅館に宿泊していたようです」

「なるほど。カレンダーの丸印は、福井へ出向く予定を示していたんだね。でも、林さんがその旅館に宿泊していたことがどうしてわかったの？」

「遺族から借りた西川さんのスケジュール帳を見たら、林さんのカレンダーに丸印がついていた日の欄に旅館の名前が書いてあったので、電話で宿に確認しました。そうしたら責任者さんが、ふたりともがその日に一泊した記録があると教えてくれて」

逸る気持ちを抑えきれず早口で説明すると、鏡は、まずはコーヒーでも飲んで落ち着けというように、一也の前に置いたカップをてのひらで示した。それに従って一也が砂糖とミルクをコーヒーに落とすのを待ち、穏やかな声でこう告げる。

「葦原温泉か。東尋坊（とうじんぼう）の近くだね」

「東尋坊？　ああ、福井県の自殺名所！」

つい身を乗り出して返したら、再度コーヒーカップを示された。どうやら自分は他人の目にもそうとわかるほどに急いているようだ。

いったん黙り、大人しくスプーンを手にしてコーヒーを搔き混ぜた。鏡は、甘いコーヒーに口をつける一也に合わせて自身もカップを傾けてから、「さいわい今日は金曜日だ」と言った。

「善は急げというし、明日明後日（あさって）の土日を使って一緒に、彼ら同様一泊でその温泉旅館へ行ってみる？　他の従業員にも話を聞いてみたいね」

「行きます！　なにか新しい事実が見えてくるかもしれません！」

半ば無意識に音を立ててカップをソーサーに置き、先ほどよりも前のめりで答えた。そうしてから、おのれの無作法な所作を省みていささか恥ずかしくなる。

それには気づかないふりをしてくれたのか、鏡は常と変わらぬやわらかな口調で、一也にこう促した。

「君は波多野に許可を取っておいたほうがいいね。福井へ行くならその間は呼び出しを受けても対応できないし、ましてや管轄外の土地に警察官として出向くんだ。上司には早めにその旨を伝えておかなければ」

「そうですね。じゃあ、すみませんがここで課長に電話をしてもいいですか？」

確かにその通りだとひとつ頷き、スーツから携帯電話を取り出して訊ねると、鏡は「もちろん」と応じてソファから立ちあがった。

「必要なら私からも波多野に話をするから、そのときは電話をかわってくれるかな」

「はい、ありがとうございます」

デスクへ歩きながら言った鏡に礼を述べたのち、さっそく刑事課へ電話をかけた。波多野はいつも遅くまで署にいるようだから、この時間ならまだ摑まるだろう。

予想通り、回線の向こうから波多野の声が聞こえてきたので、かいつまんで事の次第を説明し許可を請う。そのあいだに鏡はデスクチェアに腰かけて、キーボードを叩きはじめた。

波多野は渋々といった調子で、それでも一也の話を聞き入れてくれた。費用は当然一也持ちだとか、警察手帳を使うなら慎重にとかいくつか注意を述べられたのち、最後に『好きにしろ、ただし無茶だけはするな』とつけ足され、向こうから電話が切れる。

波多野の言葉にほっとしつつ携帯電話をスーツにしまい、デスクでキーボードを叩いている鏡に声をかけた。

「鏡さん、課長の許可が下りました！　福井、行ってきていいそうです」

無事上司の了承を得たことを報告した一也に、鏡はパソコンのモニタに視線を向けたまま「うん、よかった」と答えた。

「波多野はあれで部下思いの優しい男だから。それで、彼はなんと言っていたの？」

「好きにしろ、ただし無茶だけはするなと」

「そう。波多野らしいね」

旧知の仲であるという波多野の話が出たためか、鏡はどこか楽しげに笑って言った。そののち、デスクからソファに戻ってきて、一也に次の行動を指示する。

「新幹線と特急は往復で手配しておいたよ。君は旅館に電話して調査への協力をお願いして、ついでに部屋も予約してくれるかな？」

「はい。従業員に話を聞きたい、ですよね。部屋はふたり分、二室予約しておきます。それで大丈夫ですか？」

「いや。一室でいいでしょう。相談すべき事柄が出てくればふたりで話しあうのだし、ならば最初から同じ部屋にいたほうが話が早いよ」

一也の問いにあっさりと鏡がそう返事をしたものだから、一瞬きょとんとし、それから少し遅れてどきりとした。調査とはいえ温泉旅館の一室でふたり一緒にすごすのだと考えると、実感が追いついてこないながらも妙に緊張する。

とはいえ拒む理由もないのでぎくしゃくと頷いて、一度はしまった携帯電話を再び取り出し、言われるままに温泉旅館に電話をかけた。昼間にも連絡をしたものだと名乗り用件を告げ、承諾してくれた責任者によろしくお願いしますと言い添えて電話を切る。

そののちに、携帯電話をしまいながら向かいに腰かける鏡に目を戻すと、彼はまずコーヒーを飲んでから明日の予定を説明した。

「往路の新幹線は、明日十二時半のチケットを取った。私も午前中には雑務を片づけておくので、十二時に、各々昼食をすませてから東京駅で待ちあわせをしよう。大丈夫かな」

「大丈夫です。十二時に東京駅、了解です」

「うん。二日間よろしくね、都築くん」

よろしくね、か。続けられた言葉を聞き、なんだかデートの約束をしているみたいだ、と思ったら、先よりも胸が高鳴りはじめた。返事をすべく口を開きはしたものの、そのせいでうまい答えが出てこない。

「はい、あの、こちらこそ」

しどろもどろに声を洩らしていると、鏡が小さく首を傾げた。

「どうしたの？　一緒に遠出をする相手が私では、頼りないかな？」

「いやっ、違います！　楽しみだなと思って！」

ごまかさねばと慌てて答えてから、これではごまかすどころか墓穴を掘っただけだと気づいたところでもう遅い。鏡から「楽しみ？」とくり返されて、なんとかフォローになりそうな言葉を探し口にする。

「あっ、いえ！　その、調査が進展するかもしれないから、楽しみというか、気が逸るというか？」

胡乱（うろん）だったろうその態度になにを感じたのか、鏡はくすくすと笑い、それから昨夜同様一也の手を握って告げた。

「そう。私も楽しみだよ」

鏡の行動と短いセリフに思わず一瞬硬直し、そののちに声も出せぬまま二、三度頷いてみせた。おそらくは、それで精一杯だという顔をしていたに違いない。鏡はそんな一也を認めて優しく目を細め、重ねたてのひらをそっと離した。

昨日ふたりで恋の話をしたときから、彼は自分との距離を詰めてきているように感じる。その心中が見えないからこそ、どんな反応をしたらいいのかわからず余計にうろたえてしまう。

握られた手が熱い、頬（ほお）も胸もただ熱い。ちょっと触れられただけでこんなふうに全身火照るのに、二日間も彼と行動をともにするなんて、明日明後日で自分はどうにかなってしまうのではないか？

調査が目的だとはいえ、つまりは、恋をしているのかもしれない男と一泊旅行をするわけだ。先ほども浮かんだそんな認識に、ようやくじわじわと実感が追いついてきて、ますます鼓動が速まった。

翌日十二時、携帯電話で連絡を取りながら東京駅で鏡と落ちあい、福井へと向かう新幹線に乗り込んだ。

示しあわせたわけではなかったが、調査で一泊するだけなので、ふたりとも荷物は鞄ひとつだった。また、警察官として出向くのだからとスーツを着てきた一也同様、鏡もスーツ姿で現れた。

彼がまとっているのは、いつも事務所で見るのと同じくラインの綺麗な、明らかにオーダーだとわかるダークスーツだ。こだわりもなく既製品を身につけている一也とはずいぶんと印象が異なる。一緒に歩くと不釣りあいなふたり連れに見えるのでは、と少々の不安はよぎるものの、調査のためであれこんなふうに鏡とビルの外で顔を合わせるのは再会して以来はじめてで、その嬉しさのほうが勝った。

新幹線の窓から射し込む陽の中で見る彼は、一也の目にひどく眩しく映った。探偵事務所のやわらかな照明のもとデスクチェアに腰かけているのも格好いいが、自然光に照らされている彼にはいつもと少し違う開放的な雰囲気があって、こんな姿もまた素敵だなと思う。

「我々がいま知りたいのは、ふたりの接点だ。同じ日に同じ宿に泊まっていたとはいえ、ただの偶然という可能性も大いにあるしね。まずは彼らのあいだになんらかの接触があったのか、なかったのか探ってみよう。それがわからなければ関係性を推測するのは難しい」

　窓際の席に座る鏡が、缶コーヒーを傾けつつそう言ったので、「はい」と返した。

「課長から、彼らの生前の写真を調査に使う許可はもらっているので、旅館についたらそれを見せて従業員から話を聞いてみましょう。昨夜の電話で責任者さんの承諾は得ています。彼らが宿に泊まったのは一年も前のことですし、覚えているひとがいるかわかりませんが」

「そうだね。あとは実際に、宿に残っている記録を確認したいかな」

　シーズンオフの新幹線は空いており、前後の席には乗客がいなかった。それでも声を潜めつつ、調査内容が第三者に洩れないよう具体的な単語は避けて、ふたりで今後の方針を相談する。

　新幹線から乗りかえた特急が葦原温泉駅についたのは、十六時半頃だった。ひと休みする間もなく駅前でタクシーを拾い、目的の温泉旅館へ出向く。

　タクシーを降りた先には、想像していたよりも立派な旅館が立っていた。贅沢に敷地を使った広い平屋、整えられた庭や池も、いかにも老舗といった雰囲気だ。仕事等でやむをえず外泊するときは、安いビジネスホテルくらいしか使わないため、こうした場所にはあまり縁がない。

　出迎えてくれた仲居に促されて靴を脱ぎスリッパに履きかえ、フロントで昨日連絡をした警察官だと名乗ったら、すぐに責任者が姿を見せた。電話でも話した通り、林と西川が宿でどのようにすごしたかを知りたいのだと改めて説明し協力を願うと、彼は可能な限り力を貸そうと頷いてくれた。

　責任者の許可を得て、普段は従業員が使うのだろうこぢんまりとした部屋を一時借りた。従業員を順に呼び林と西川の写真を見せて話を聞くと、ひとりの仲居の口から、彼らがふたりきりで話し込んでいる姿を見た、という証言が出てきた。この宿の仲居は通常いくつかの客室をひとりで担当しているそうで、彼女は当時、林や西川が泊まった部屋を割り当てられていたのだという。

「ラウンジの片隅で、深刻な顔をした男女が話をしていたものですから、心中でもするんじゃないかとはらはらしたのを覚えています」

「本当ですか！」

仲居の言葉に思わず身を乗り出した一也の隣で、鏡は常通り穏やかに「ありがとうございます」と礼を述べてから、小さく首を傾げて訊ねた。

「しかし、一年も前のことをよく覚えていらっしゃいますね？」

「ここは自殺の名所なんていわれている東尋坊に近いので、担当するお客様の様子はいつも注意して見ているんです。お声がけしたものか、そっとしておいたほうがいいのか悩んだ記憶があります」

鏡の問いに仲居はそう答え、少し考えるような間を置いてつけ足した。

「それに、ご予約もお部屋もおひとりずつ、こちらへいらっしゃったのもばらばらでしたので、不倫旅行だとか、なにか訳ありなのかと思って。だからなおさら強く印象に残っているのかもしれません」

鏡と顔を見あわせたのち、一也が宿に残る記録を見せてもらえないかと頼むと、仲居はいったん部屋を出ていき宿泊名簿や予約管理表を持ってきてくれた。責任者も了承済みだとのことだったので頭を下げて受け取り、仲居とともに一年前の記載に目を通す。

「こちらの宿泊名簿は、チェックイン時にお客様にご記帳いただいているものです。ですから、ご一緒にいらっしゃったお客様なら、お名前が並びます」

「林さんと西川さんの名前は、ずいぶんと離れたところに書いてありますね。つまり、ふたりは別々にここへ来て、しかも時間差もあったと。チェックアウト時はどうだったんでしょうか」

「それは宿のものが記録しています。ついいましがたパソコンに残っているデータも確認してみましたが、チェックイン、チェックアウトともに、おふたりは個別にすまされていますね」

　仲居の説明を聞きつつ宿泊名簿を見つめ、つい唸った。林と西川は一年前にこの場所で、深刻な顔をしてふたりで話をしていた。強く印象に残っているとまで言うのだから、仲居の記憶は正確なのだろう。しかし行動をともにしていたわけではない、ということか。

「予約もばらばらだったと先ほどおっしゃっていましたね。その記録はあるのでしょうか？」

　鏡が口にした次の質問に、仲居は今度は予約管理表を示して答えた。

「こちらはデータを編集し一部分プリントアウトしたものになりますが、誰がいつ、どういった方法でご予約くださったのかわかるようになっています。林様と西川様からのご予約は、タイミングも手段も違います。林様はお電話、西川様はインターネット経由でのご予約です」

「なるほど。来客者の行動は詳細に記録されているのですね」

　管理表に目を落としたまま鏡はそう言い、しばらくののちに顔を上げた。視線をよこした彼から他に知りたいことはあるかと訊ねられ、少し考えてから「いいえ」と返す。とりあえず、いまわかるのはこれくらいだろう。

名簿等を返して再度礼を述べ、仲居が出ていってから、鏡とふたりきりになった部屋でこう切り出した。

「仲居さんの話、それから記録を見る限り、林さんと西川さんは示しあわせてこの旅館に来たというわけではないみたいですね。となると、ふたりは偶然ここで出会って話をしていただけなんでしょうか」

「うん。これまでの調査を信じるならば、彼らのあいだに交友関係はなかったようだし、そう考えるのが自然かな」

鏡はひとつ頷いて答え、仲居が用意してくれた茶をひと口飲んで続けた。

「そもそも、独身の男女が一緒に福井の絶景を見ようと約束したのなら、誰にはばかる必要もないし、どちらかがふたり分の宿を予約するだろう。林さんと西川さんの具体的な接点は一年前の福井、ここにしかない。彼らが出会ったのは君の言う通り、本当に偶然なのだと思うよ」

同じようにすっかり冷めてしまった茶を飲み「そうですね」と返してから、頭の中で鏡の言い分を整理した。確かに、林と西川がもとからの知りあいで誘いあわせて温泉旅館に来たのなら、予約から宿を去るまでのほとんどが別行動、というのは不自然だ。

鏡が告げた通りこれまでの調査からは、自殺方法と黒いチューリップという共通点はあれ、ふたりが友人、あるいは知人だったことを示す接点は見つかっていない。現時点では、林と西川が同日にこの宿に泊まったのは、ただの偶然だ、と考えるしかないのだ。

「ふたりはなにをしにここへ来たんだ？」

頭に浮かんだ疑問をつい呟くと、鏡がそれを受けて言った。

「自殺名所へのひとり旅なら、目的はひとつではないかな？　宿の従業員に心中を心配されるほど深刻な顔をしていたくらいだから、彼らは自死するためにここまで来たのだと思うよ。しかし結局はそれをなしえず東京へ戻り、林さんはその翌日に、そして西川さんは一年後に自宅で死亡した」

「だとすると、自殺目的で葦原温泉を訪れたふたりが、偶然一緒になったこの旅館でたまたま自分と似たような顔をしている人物を見かけ、気になって声をかけて話し込んだ、ということでしょうか？」

「詳細はともかく、概略はそんなところだと私は思う」

鏡はそう告げたのちにちらと腕時計に目をやり、ああ、と声にして椅子から立ちあがった。

「もう二十時か。これ以上この部屋にいては迷惑になるかな。都築くん、とりあえずの成果はあったことだし、今日はもう調査は終わりにして休まない？」

「あっ、そうですね。夕食の準備をしてもらわないと食いっぱぐれますし！」

鏡の言葉に応えて腰を上げ、廊下を通りかかった仲居に声をかけた。部屋を借りたことへの礼を言ってから、昨日予約した客室への案内と部屋食の手配を頼む。

通されたのは十畳くらいの和室だった。他にはトイレと部屋風呂がついていて、窓際には、小さなテーブルとそれを挟むようにふたつの椅子が置かれた、ちょっとした空間がある。仲居の説明によると広縁というらしい。

夕食の規定時間をいくらかすぎてしまったことを仲居に詫びて、ひとまずはジャケットだけ脱ぎ、客室に運んでもらった料理をふたりで食べた。海鮮を中心にした和食は品数も多く旨そうで、できれば酒でも飲みつつじっくり味わいたいところだったが、警察官として訪れているうえに時間も時間なのでそうもいかないと、慌ただしく口に運ぶ。

「やるべきことがある以上はしかたがないのだけれど、なかなかゆっくりできないね」

仲居が食器を下げてくれたあと、ふたりきりの客室で食後の茶を飲みながら鏡が告げた。

「せっかくの一泊旅行だというのに、夕食を楽しむ余裕もない。せめて、このあとはのんびりすごそう」

「そ、うですね」

調査ではなく旅行、と鏡が表現したのでどきりとして、返す声が不自然な抑揚になってしまった。つまりは恋をしているのかもしれない男と一泊旅行をするわけだ、昨日そんなふうに考えて胸の高鳴りを覚えたが、彼の口から実際に聞くとあのとき以上に鼓動が速まる。

鏡は、一也の反応にはこれといって言及せず「さて」と口にし、座布団から立ちあがって続けた。

「すっかりいい時間になってしまった。そろそろお風呂に入ろうか。都築くんは大浴場に行ってみる？　こういう宿なら夜遅くまで開けているだろう」

「あっ、はい！　そうします。温泉旅館に来たからには広い風呂に入りませんと！　鏡さんもよかったら一緒にどうですか？」

慌てて返事をしてから特に深い意味もなく誘いかけると、鏡は少し困ったように答えた。

「私は部屋風呂を使おうかな」

「大浴場に行かなくていいんですか？」

一也が首を傾げたら、鏡は困り顔のまま今度は微かに笑って、こう告げた。

「傷あとが目立つから、私はやめておくよ」

山手事件のときのね、と短くつけ加えられ、そういえば事件解決当時に先輩刑事から、櫻井を庇おうとして鏡も怪我をしたらしいと、ちらと聞いたことを思い出した。大した話題にはなっていなかったので、かすり傷程度なのかもしれない。としても彼が傷ついたことには変わりない。

この男は一年前に、刃物を持った犯人から櫻井を守ろうとしたのだ、しかし守りきれなかったのだ。いままでであれば伏せただろうその事実を、今夜はごまかさずに伝えてくれる。

そこで不意に、恋の話をしたときの鏡のセリフが頭に蘇った。彼はあのとき、君が過去の傷を教えてくれたように私の傷も隠さなくていいのかな、そんなふうに言ったのだ。ふたりでともにときをすごすうちに、自分にならば傷の存在を秘さなくてもいい、と彼は思ってくれたらしい。

「……余計なことを訊いてすみません。でも、ちゃんと理由を教えてもらえて嬉しいです」

ここで持って回った言いかたをするのはかえっておかしいかと、ただ素直に謝罪し、また、事実を明かしてくれたことへの気持ちを述べた。この場に相応しい言葉選びではなかったかもしれないが、それでも思いのいくらかは伝わったようで、鏡は優しく笑ってくれた。

「君と一緒にのんびり温泉に浸かってみたくもあるけれどね」

どこか楽しげな口調でそう言った彼に髪をくしゃくしゃと撫(な)でられて、途端に、先ほどよりも強く胸が高鳴りはじめた。抑えきれないときめきに襲われ、今度は顔が熱くなる。自覚があるのか無意識なのかは知らないが、この男の言動は時々心臓に悪い。

「な、んですか。そんな、犬でも撫でるみたいにしなくても」

揺れる感情も隠せぬままに訴えても、鏡はくすくすと笑うばかりだった。それどころか、不意にいたずらな、色っぽい眼差しで見つめられ、おかしな高揚まで込みあげてくる。

昨日も感じたように、この男は自分との距離を詰めてきていると思う。しかも、そこそこ大きな歩幅でだ。その意図や、彼の胸にある気持ちはなんだろう。

客室に用意されていた浴衣を手に向かった大浴場の脱衣所には、あまりひとがいなかった。時間が遅いからかもしれない。服を脱いで浴場への扉を開けると、屋内には広い檜(ひのき)風呂、そしてガラスのドアの向こうには、石に囲まれた露天風呂があるのが見て取れた。

さっと身体を洗ってから、せっかくなので露天風呂に入ろうかとドアを開けた。先客のいない夜の屋外には行灯(あんどん)型のライトがいくつか設置されていて、なかなか風情がある。

「うわ、綺麗だ。こんな風呂を独占していいのかな」

独り言を零(こぼ)しつつ浸かった湯は、少しとろりとしているものの無色透明で、これといったにおいもなかった。四月らしい快適な気温の中、星の綺麗な夜空を眺めながら温泉を楽しめるなんて、実に贅沢だ。

などと暢気に考えていられたのは、最初のうちだけだった。じわじわと身体があたたまっていくのと同時に、先ほど感じたときめきが蘇ってきて、夜空にうっとり見蕩れている余裕も消えてしまう。

一年ほど前、はじめて出会った捜査本部で、誰よりも的確に、熱心に立ち働く鏡に憧れを抱いた。探偵事務所で再会したときは、彼が自分を覚えていてくれたこと、一緒に事件を捜査できることが、ただただ嬉しかった。

その気持ちが変化しているのを自覚しはじめたのは、彼の事務所で過去の恋の話をした夜だ。自分も彼の恋愛対象になるのだと知りなぜか鼓動が跳ねて、もしかしたらこの男を好きになっているのか、恋心を抱くようになっていたのかと、おのが心に問いかけたことを覚えている。

彼の傷を癒やしたいと願うのも、あるいは、ただの憧れがもっと強い感情に転じはじめているがゆえなのかもしれない。あのときそんなふうにも考えた。

しかし、もう疑問符が入り込む余地はないだろう。この胸にあるのは、かもしれない、なんて曖昧な気持ちではない。

鏡の甘い声や眼差しに胸を高鳴らせ、ちょっと触れられただけで心臓は早鐘を打つ。心や身体が勝手にこんな反応を示すのは、自分が鏡に、惚(ほ)れているからだ。

美しくて聡明(そうめい)で、なんだか近寄りがたいなんて第一印象を裏切り実は優しく穏やかで、ふとした瞬間に哀しい記憶がもたらす翳をまとう。自分は、そんな彼のすべてに惹かれたのだと思う。一年前のなにひとつ曇りのない鏡も、当時受けた痛みを引きずり苦しむ現在の鏡も彼自身であり、どちらが好きだとかではない。過去があっていまがある鏡を、その傷まで全部ひっくるめて、好きなのだ。

傷あとが目立つから、か。

先ほど鏡が口にしたセリフがふと蘇り、つい「おれはなにも知らないんだな」と小さく独り言つ。今事件を一緒に調べているうちに、ふたりの距離は縮まったろう。とはいえ、鏡には自分の知らない、手の届いていない部分がたくさんある。それがもどかしくて、悔しい。

彼の肌には、のみならず心にだって、いまだ消えていない傷があるのだ。傷あと、というひと言では表現できない、ときに表情を曇らせるほどの痛みを伴う深い傷だ。しかし、この手はそこまで届かない。

彼をもっと知りたい。そして、彼の感じている痛みを少しでも和らげたい。そのために自分ができることはなんだろうか。

温泉に浸かりながらそんなことを考えているうちにときがたち、なんだか頭がぼんやりしてきた。このままではのぼせてしまう、と風呂を上がり、浴衣を着て脱衣所の椅子にしばらく腰かけ、熱を逃してから廊下を歩き客室に戻る。

入り口の引き戸を開けると、まずは座敷に並んでいる二組の布団が目に入ってどきりとし、思わず足が止まってしまった。風呂に入っているあいだに仲居が敷いてくれたのだろう。二組の布団はくっついているわけではなかったが、私物や湯飲み茶碗が載った座卓があるため、距離が近い。

さらには窓際の、小さなテーブルとふたつの椅子が置かれた広縁に、浴衣姿の鏡を認めてさらにどきどきした。仕事時はスーツ、休日の自室でも糊のきいたシャツと、きちんとした格好をしている彼しか見たことがなかったから、はじめて目にする無防備な姿に、一度は逃がした熱がまたぶり返してくるのを感じる。

「おかえり。お風呂はどうだった？」

部屋の入り口で固まっていたら、広縁で片方の椅子に腰かけている鏡から声をかけられたので、なんとか平静を装い答えた。

「温泉なんてほとんど来たことないから、気持ちよかったです。露天風呂があったので、そっちに入りました。星が綺麗でしたよ」

「そう。君が楽しめたのならよかった」

鏡は穏やかに応じたあと、こちらへどうぞ、というようにてのひらで向かいの椅子を示した。それに従い座卓や布団の合間を縫って広縁へ歩み寄り、鏡の向かい腰かける。

それからなにげなく視線を上げ鏡を見たら、今度は真正面からしかも近距離で、普段は服に隠れている鎖骨のあたりの素肌や、風呂上がりで少し湿気(しけ)ている胡桃色の髪が目に入り、つい喉を鳴らしてしまった。

ほどよい厚みのある胸や引き締まった腰回り、顔立ちが整っているだけでなく、この男は身体つきまで綺麗だ。それは普段のスーツ姿からも察せられることではあるが、身につけているのが浴衣一枚だけだと、よりはっきりとわかった。

浴衣から覗く肌が白い。袖を半ばまでまくっているので、前腕のしなやかな筋肉の動きがそのまま目に映る。水気を含む髪が幾筋が額に落ちているのも相まって、いま目の前にいる鏡はいつも以上に美しく、かつ艶っぽく見えた。

こんなもの、見蕩れるなというのが無理な話だ。

「明日は林さんと西川さんが各々泊まった部屋を見せてもらって、そのあと東尋坊の大池(おおいけ)を確認してから東京へ戻ろうか。葦原温泉へ来たのであれば、彼らも自殺の名所である東尋坊を訪れただろう。実際にその地へ行けばわかることもあるかもしれない」

「……はい」

「帰路の特急は、十五時発のチケットを取ってある。新幹線に乗りかえて東京へつくのは十九時頃になるかな」

「……はい」

鏡は普段通りの口調で明日の予定を告げ、それから、ろくに身動きもできぬまま短い返事を口にするだけの一也を認めて、少しおかしげに笑った。

「都築くん。いつも元気な君が、いまはずいぶんと大人しいね。どうしたの？」

彼からの問いかけで、自分の態度はそうと指摘されるほど不自然なのだと自覚した。ここまで言及されてしまえば下手にごまかせないかと覚悟を決め、それでも若干掠れてしまう声で正直に答える。

「……あなたのことが気になって、頭がいっぱいなんです」

鏡は一也の言葉に目を細めただけで、特に声を返すでもなく続きを待っているようだった。こんなことを言われて彼はどう感じたのか、いまなにを考えているのかがさっぱりわからず、いささか不安になる。

しかし、いったん思いを口にしてしまったからにはもうあとには引けないと、先ほど露天風呂に浸かりながら考えたことを素直に告げた。

「ひとつの事件をふたりで調査して、一緒に飯を食べたりもして、おれはちょっとずつ鏡さんに近づけていると、勝手に思っています」

鏡はそこでふっと微笑み、今度は優しく返事をしてくれた。

「うん。私も、君に近づけていると思っているよ。君だけがそう感じているわけではないよ」

「コーヒーが好きとか、部屋ではドリップするとか、鏡さんについていままで知らなかったことをたくさん知りました。でもまだ知らないこともあるんです。おれはそれが、もどかしいです」

彼の返答にいくらかの勇気を得て、さらに踏み込んだセリフを口に出す。そののち、彼がなにかを言う前に、どうしても湧いてくるためらいを追い払って続けた。

「……傷あと、どこにあるんですか？　おれは鏡さんのことを、もっと知りたいです。知らなければなにもできないから」

一也の問いを受け、鏡はまた少し目を細めた。そののちに、右手で自身の胸を示し「傷あとがあるのは、このあたり」と答えた。

風呂に入る前にも考えたように、この男はやはり、自分にならば傷の存在を秘さなくてもいいのだと思ってくれたらしい。鏡はこれまでずっと山手事件の話題を避けていたから、これは彼を知るための大きな一歩だといえる。

浴衣に隠れて見えない鏡の胸部には、ペアを守ろうとしてついた傷あとがある。いまの鏡はその事実を自分に教えてくれる。

「……痛かったですか」

「痛かったよ」

少し迷ってから、それでもストレートに訊ねると、鏡は常通りの穏やかな声で短くそう返した。偽りもごまかしもないのだろうその言葉に、自分の胸までずきずきと痛くなる。なにせ彼がこんなふうにはっきりと、自らが覚えた苦痛を口にしたのなんてはじめてなのだ。

「いまも、痛いですか」

ひとつ深呼吸をして気持ちを落ち着かせてから、さらに問いを重ねると、鏡はまたいつもと変わらぬ口調で答えた。

「痛みは忘れていない」

「……鏡さんがその痛みをいっときでも忘れるために、おれにできることはありますか。おれは、鏡さんの傷を少しずつでいいから治したいです。この手が鏡さんに届かないのが、一緒にいるのになにもできないのが、悔しい」

鏡は一也の訴えを聞き、いくらかのあいだ黙っていた。そののち、一也が再度口を開く前にこう告げた。

「ならば、君の手を貸してくれ」

小さなテーブル越しにてのひらを差し出され、それが鏡の望みなのであればと、意図は訊かずに右手を重ねる。すると、特にためらいもないようにその手を摑まれ、やや強く引っぱられた。

そのまま、浴衣の上から彼の胸にてのひらを当てさせられ、途端に心臓が早鐘を打ちはじめた。手を握られたり髪を撫でられたり、鏡から触れられたことは幾度かあったが、導かれたとはいえこんなふうに自分から彼の身体に触れたことはない。

互いに、いくらか前に身を乗り出す姿勢になっているものだから、視線が交わる距離がいやに近くて、緊張と不意の高揚でぞくぞくした。そのせいで動くことも喋ることもできなくなる。

手が届かないのが、一緒にいるのになにもできないのが悔しい、だなんて大胆なことを言っておきながら、ちょっとの接触で声も出せなくなる自分が情けない。

「手が届かないなんてことはないよ」

硬直し息を詰めている一也を見つめ、鏡は僅かばかり切なげに笑って言った。

「なにもできないということもない。きちんと向きあってはじめて知った、君の眩しさや真っ直ぐで強い心は、しばしば私の胸の中を明るく照らしてくれる。それに、こうして実際に君のあたたかさを感じていると、とても落ち着くんだ。だからもう少し、このまま触れていてくれないか？」

身体を強ばらせつつも、彼の言葉に無言でひとつ頷いて返した。喉の奥に引っかかっている息を無理やり大きく吐いて、吸って、彼に摑まれその胸に当てさせられている右手からどうにか緊張を逃がす。

これで彼が少しでも落ち着けるというのであれば、ひとときも離れずずっとこうしていたい。うるさいくらいに拍動しているこの心臓が壊れてしまっても構わない。てのひらで浴衣越しに彼の体温を感じながら、強くそう思った。

過去に知らないほど真剣な目で鏡はじっと一也を見つめ、しばらくのあいだその姿勢のまま黙っていた。それから、瞬きさえ許されないような、あまりに真っ直ぐな眼差しに耐えきれず一也が淡く喘いだころに、そっと手を離した。

「ありがとう」

姿勢を正して礼を告げ、やわらかく目を細めて微笑み、少しの間のあと彼はこう続けた。

「都築くん。私はきっと、君に惹かれているんだろう。気持ちが塞ぐときでも、君と一緒にいると心にかかる霧が薄らぐ気がするんだよ」

身を乗り出した姿勢を直すことも、声さえも出せぬまま、ぎくしゃくと頷いた。想定していなかった彼のセリフに、解放された右手を戻すこともできない。

鏡の言う、惹かれている、とはどういった感情を指すのだ。恋愛の意味で好意を抱いているということか、あるいは友愛？　ちゃんと訊かなければと思うのに、彼を前にするとなにも知らない子どものようにしばしば言葉を忘れてしまう。こんなのはまったく自分らしくないと思いはしても、声が出ない。

声や眼差し、触れる体温、鏡のすべてに心や身体が勝手に反応を示すのは、自分が鏡に惚れているからだ。温泉に浸かりながら考えたときよりも、はっきりとそう自覚した。

鏡とともにいて、何度も、かつて知らないくらいの胸の高鳴りを覚えた。いま感じている恋情はきっと、溺れては通りすぎてきた恋のどれよりも強くて切実なものなのだろう。だからどんな経験も役には立たない。

まるで自分が自分でなくなってしまったようだ。

「ごめんね、都築くん。私はまた変なことを言ったかな」

長いあいだ動けぬまま固まっている一也に、鏡は優しくそう告げて、僅かばかり困ったように笑った。

「君が、私のことを知りたい、傷を治したいと言ってくれたから、嬉しくなった。だから思ったままを口に出したのだけれど、ちょっと喋りすぎたかもしれない。ごめんね」

「……いいえ。そんなことないです」

謝罪をくり返した鏡に、掠れた声でようやく答えた。もう一度大きく深呼吸をして、速まっていた鼓動をなんとか落ち着かせ、彼にならってぎくしゃくと姿勢を正す。

「……鏡さんが話してくれることなら、おれは全部知りたいです。ただその、頭が追いついてこなくて、考えていることがうまく言葉になってくれなくて、おれこそ変ですよね。すみません」

一也が詫びを返すと、鏡はそれについては触れずに、ただ穏やかな微笑みを浮かべてみせた。そののちに「さて」と言って、椅子から腰を上げる。

「これ以上長話をしていると、湯冷めしてしまうね。明日は今日よりも移動が多いし、そろそろ休もうか」

「あっ、はい。わかりました」

広縁から布団の敷かれた座敷に戻る鏡に、慌てて返事をしつつ立ちあがり、彼を追って畳を踏んだ。もっと話をしていたい、鏡の声を聞いていたいとは思うものの、彼の睡眠時間を削らせるのも気が引ける。

鏡は座卓の上にあった携帯電話を片方の布団の枕元に置いて、一也を待たずにあっさりと身を横たえた。彼自身が疲れているのか、こちらを休ませようとしてくれているのかはわからないが、早く寝ようと態度で示されてしまえば従うしかない。

「明日の予定は先ほど言った通り、あとは臨機応変に動こうか。ではおやすみ、都築くん」

「了解です。おやすみなさい」

　自分も携帯電話を枕元に置きながら返事をし、もう片方の布団に潜り込んだ。掛け布団も敷き布団もふんわりしていて自宅のベッドよりもはるかに寝心地がいい。とはいえ、安眠できるかというと、そんなことはない。なにせすぐ隣に好きな男が横たわっているのだ。

　こんな状況で眠れるものかと、布団を頭までかぶって密かに溜息をついた。一泊旅行、なんて表現に浮かれてはいたが、実際のところはなかなかの苦行だ。一方、鏡は特に緊張もしていないらしく、少しすると静かな寝息が聞こえてきた。

　鏡が浮かべたどこか切なげな笑みだとか、右手で触れた体温だとかを思い起こしながら、しばらくのあいだ布団の中で悶々（もんもん）としていた。なんとか眠気がやってこないものかと、努めて身体から力を抜いてみても、頭は冴（さ）えきっていていてぼんやりもしない。

　これは本当に徹夜だ。朝まで起きているしかないと一也が完全に諦めてから、一時間ほどたったころか。不意に、鏡の寝息が乱れたのがわかった。

　ひどく苦しげだったものだから、一体どうしたのだと慌てて半身を起こし隣を見ると、鏡はいくらか布団をはだけ、目を閉じたまま胸のあたりを押さえていた。うなされているのだろうか、うわ言のように誰かの名を呼んでいる。

この声を知っているような、と一也が記憶を探りかけたところで、鏡は小さく「櫻井くん」と口にした。なんとか判別できるといったほどの掠れた声ではあったが、確かに聞き取れた。

知っているはずだ。山手事件のときに耳にした、あの悲痛な声だ。そう気づいた途端にいても立ってもいられなくなり、鏡を起こさないよう静かに布団を抜け出して、彼のそばの畳に膝をついた。

覗き込んだ鏡の寝顔には、やはり苦しげな、それからどこか悲哀を感じさせる表情が浮かんでいた。

きっと当時の夢を見ているのだろう。彼にとっては重く、暗い過去が、閉じた瞼の裏に広がっているのだ。

いままで見たことのなかった痛々しい表情を目にし、なんとかしてやらなくてはと焦りつつも、そっと、自身の胸を押さえている鏡の手を摑んで離させた。かわりに、先ほどそうさせられたように浴衣の上から自分のてのひらをあてがう。こうしていると落ち着くと言ったのは彼だ。

もう苦しまなくていいから、自分を責めなくていいから、と心の中で唱えながらいくらか待つと、鏡の美貌から徐々に苦悩が消えていくのが見て取れた。しばらくののちに、すっかりいつも通りの静かな表情に戻るのを認めて、ほっと安堵の溜息をつく。

鏡が見ている悪夢を完全に追い払えるのかはわからないが、少なくともこうしていれば、彼はうなされずに眠れるようだ。

「痛くないですよ。もう大丈夫、痛くないです」

浴衣の上から優しく胸を撫でつつ、小声でくり返し囁いてみても、鏡は目を覚ます様子はなかった。安心しきった顔で眠っている。

よかった、自分は彼の痛みをいっときでも和らげることができたのだ。そう考えたら、嬉しさと同時に愛おしさが湧き、なんだかたまらない気持ちになった。

少しのあいだ躊躇し、そののちに、おそるおそる身を屈めた。馬鹿みたいに胸が高鳴って、今度こそ心臓がどうにかなってしまうのではないかと思いはしたが、もう自分を止めることはできなかった。

頭の中は真っ白だし、きんと鋭い耳鳴りまで聞こえてくる。こんな自分は狡い、とわかってはいるのにブレーキがきかない。

吐息が触れそうな距離で見る鏡は、なめらかな白い肌も、髪と同じ胡桃色の睫までもが美しかった。早鐘を打つ自分の鼓動をいやにはっきりと感じながら、眠っている彼をしばらくのあいだ見つめ、それから、その形よい唇にそっと、触れるだけのキスをした。

「は……」

唇が重なるリアルな感触に、腹の底から強い興奮が込みあげてきて、くらくらした。目眩というよりも、高ぶりのあまり酸素が足りなくなるような感覚だ。

ずっとこうしていたい。そんな望みを抱きはしたが、早く離れないと鏡が起きてしまうかもしれないと、ようやく衝動をねじ伏せ身を起こした。しかし、見下ろした鏡は相変わらず静かに眠っているばかりで、瞼を上げるどころか起きる気配すらもまったくない。

「……おれは、あなたが好きです」

寝顔を見つめたまま、鏡に聞こえていないのをいいことに正直な告白を小さな声にした。そののち、彼の胸を撫でていた手を離し、いまだ高鳴りの収まらない自分の胸にぎゅっと押し当てる。

いままで以上に、身体も心も熱い。恋を知らないわけではないのに、こんなに切羽詰まった思いを抱いたことはかつてない。

自分は本当に、鏡に恋をしたのだ。優しい笑顔もあたたかいてのひらも、過去の傷も痛みも苦しみも、そのすべてをひっくるめて、彼に、惚れたのだ。改めてそう思い知らされ、湧きあがってくる強い感情に震える吐息を洩らした。

だからこそ、なにをしてでも彼を救いたい。過去があっていまここにいる彼の傷を癒やしたい。この手が彼の腕を摑めるのなら、まとう翳も消え去るような明るい場所へ引っぱり出してあげたいと、心の底から祈った。

その後、自分にあてがわれた布団に戻りはしたものの、結局はまったく眠れないまま翌朝になってしまった。

朝食後、責任者に頼んで林と西川が泊まったという部屋を客が去ったあとに各々見せてもらったが、特に新たな事実は出てこなかった。昨日得た情報だけでも充分な収穫であったたし、これ以上この温泉旅館で調べることもなかろうと、他の客より少し遅れた十一時すぎに宿を出る。

部屋で食事を摂る際や、客室を確認しふたりで事件について話しあうときも、鏡の一也への態度は特にいつもと変わらなかった。昨夜の身勝手なキスについてどう思われてもしかたがないが、彼はどうやら自分の行為には気づいていないようでほっとする。

と同時に罪悪感も湧いた。少し冷静になってみれば、自分は眠っている男に対し、あまりにも一方的な行動を取った。

事実を伝えて謝るべきだろうとは思うものの、行為のみならず好意までも彼に拒否されたら耐えられない。そう考えてしまうと、言い出す勇気も出なかったし、機会も見つからなかった。

旅館から出たあとはふたりでタクシーに乗り、東尋坊タワー近くの駐車場で降ろしてもらった。運転手によると、海岸へ出るには商店街を通り抜ける必要があり、それならばここから歩いて見て回るのがおすすめだとのことだ。

商店街は、日曜日だからというのもあるのか観光客が多く、左右に並ぶ路面店も露店も賑やかだった。自殺名所、なんて呼称から想像していた光景とはまったく異なり、明るくて活気がある地だ。

途中、洒落た外観のカフェを見つけた鏡が「ひと休みがてら昼食にしよう」と言いドアを開けた。彼はきっとコーヒーが飲みたいのだろう、と考えあとに続く。

テーブルが並ぶ隙間に観葉植物が置かれた店内はあたたかな雰囲気で、外から見た印象より広いせいか開放感があった。セルフタイプの店だったのでカウンターで飲み物と食事を注文すると、先に立っていた鏡が「こちらの分も」とまとめてふたり分の会計をすませてくれた。

「えっ。いや、おれのために動いてもらっているのに、それは」

慌てて財布を開こうとしたら、くすりと笑った鏡に制止された。

「私は旅行先で、君とコーヒーを飲みながら世間話をしたいんだよ。たまにはいいでしょう」

昨日と同じく彼が、旅行、と表現したので、また少しどきりとした。そんなふうに言われてしまうと、これ以上の遠慮もできなくなり、覚えたときめきは隠して礼を述べ財布をしまう。

ふたりでトレーを持ち、周囲に客のいない角のテーブルに着いた。壁の上部がガラス張りになっているため、海のある景色を眺められるのが贅沢だ。

「自殺の名所といわれる割には、賑やかな土地だね」

パスタを食べ終えたあと、コーヒーを飲みながら鏡がそう言った。

「金曜日の夜に、ネットで下調べはしたんだ。旅行者の感想や写真もいくつか見たから、なんとなくイメージしてはいたのだけれど、実際に来てみると考えていたよりも明るい、普通の街だ」

「そうですね。もっと殺風景で、閑散とした場所かと思ってました」

一也がカフェオレのカップを置いて返すと、鏡はひとつ頷いて続けた。

「こんな場所では自殺の決意も鈍りそうだ。土産に海の幸でも買って帰りたくなるね」

「確かに。悩んだ末に辿(たど)りついた自殺名所がこうも賑やかで平和な土地だと、ちょっと拍子抜けしそうです」

「林さんと西川さんもここを通ったろう。海岸へ出るには商店街を抜けるしかないそうだし。彼らが本気で死ぬつもりだったとしても、この街を歩いたあとでは、海に落ちる一歩を踏み出す力も抜けてしまうかもしれないね」

商店街の印象を語りあったあと、ふたりでカップを空にしカフェを出た。ちらと目をやった腕時計は十二時を少しすぎたあたりを指している。目的地である東尋坊の断崖へついたのは、それからほんの数分後だ。

日本(にほん)有数の自殺名所は、視線の先は崖と海、足もとはごつごつとした岩肌になっていた。街からさほど離れてはいないとはいえ、これまでとは大分雰囲気が異なる。

下調べをしてきたらしい鏡によると、この断崖の端は真っ直ぐではなく、いくつもの切れ込みがある複雑な形状をしているのだという。すべてを目で確認できるわけではないが、見える限りでも確かにぎざぎざしていて、それが余計に怖さを感じさせた。

「件のスポットとして有名なのはあちらの、垂直の断崖に囲まれた大池と呼ばれる場所だ。海なのに池と名づけられているのは面白いね」

鏡はそう説明してから、自身が指さした大池の方向にひとりで足を踏み出した。恐怖もなにもないといった様子で歩いていく彼の背を認め、放っておいたらそのまますると落ちそうだ、なんて考えたら、それまでとは違う怖さに襲われて鳥肌が立った。

慌てて鏡に駆け寄り、その腕を摑もうと手を伸ばしかける。しかし、海の方向へ目をやった瞬間にぴたりと動きが止まってしまった。手すりもない、ほぼ垂直に切り立った断崖の上に立つと、さすがに足がすくむ。のみならず、腰から背中のあたりがぞわりと寒くなった。

視線の先、断崖のはるか下に見える海からは、春だというのにいやにひややかな印象を受けた。これまでに見たことのない、厳しくて冷たい色を帯びている。

自分なら、とてもではないが、ここから海へ向かって飛ぶことなんてできない。落ちるどころか身を乗り出すのさえ無理だ。相当の勇気、というよりも、どうしてもいま死なねばならないといった衝動がなければ、この断崖で自殺を図るのは難しいだろう。

「ここは海面まで二十メートル以上あるとのことだよ」

一方、表情も変えずに断崖の下を覗き込んでいる鏡が普段通りの穏やかな口調で言ったので、この男には恐怖心がないのかと若干呆れた。

「ここから飛び降りたもののうち、実際に死ねたのはせいぜい七十パーセントほどらしい。都築くんはどう思う？」

「えっ？　こんなに怖い思いをして落ちても、死ねない可能性があるんですか？　おれなら絶対にいやです」

鏡からの不意の問いかけに、小さな声でなんとか答えた。すくむ、を通り越して足が震えてくる。高所恐怖症ではない自分でも、気を緩めれば思わずしゃがみ込んでしまいそうだ。

鏡は一也の状況を察したらしく、安心させるように腕を摑んでくれた。そのまま海に背を向けて歩き、断崖の端からいくらか距離を取ったところで手を離して一也に優しく声をかける。

「大丈夫？　顔が真っ白になっているけれど。怖かった？」

「……怖かったです」

虚勢を張ることもできず正直に答えてから、ひとつ深呼吸をした。眼下にあった生々しい海のうねりから遠ざかり、少しずつ落ち着きが戻ってくる。

「鏡さんは、怖くないんですか？」
二、三度その場で足踏みして、ちゃんと脚が動くことを確認しながら訊ねると、鏡は少し笑って答えた。
「おそらくは、万が一落ちたらどうしよう、という想像が無意識にも頭をよぎるから、恐怖が湧くんだろう。死に対する本能的な恐怖だ。そういう意味でなら、私は怖くはないね」

「どうしてです？　このまま死んでしまうかもって想像、まったくしないんですか？」

「しないのではなくて、慣れているから、かな？」

彼が口にしたその返答は、いまいち理解できないものだった。おのが死を想像することに慣れている、と彼は言いたいのだろうが、それが意味するところがわからない。

湧いた疑問符が顔に出ていたのか、鏡は「いや、ごめんね」と短く詫びて、また笑った。

「慣れてはいるけれど、それだけだよ。別に難しい話をしたいわけではないから、そんな顔をしないで」

「ああ……すみません。おれはどうも、時々変なところで考え込む癖があるみたいで」

「物事に対して常に真摯であるのは君の長所だと、私は思うよ」

鏡は目を細めてそう告げてから、腕時計に視線をやり「十三時前か」と口にした。

「まだ時間もあることだし、このあたりを少し散策してみよう。断崖からの眺めは確認できたので、あとはあまり怖くない範囲でね」

鏡からの提案に、はい、と返し、先に立った彼の隣に並んだ。案内板を読んだり遊覧船を眺めたりと、林と西川も見たかもしれない景色を実際に目に映し、現地の空気感を頭と肌に記憶する。

その後、十四時頃に駐車場でタクシーを拾って葦原温泉駅へ戻った。時間に余裕があったため、駅で幕の内弁当をふたり分、缶のコーヒーを数本とカフェオレを買い、土産物屋を眺めてから鏡が手配していた十五時発の特急に乗り込む。

途中で乗りかえた新幹線の中では、鏡から話を振られて東尋坊の商店街で見かけた蟹が旨そうだったとか、イカ墨ソフトクリームの味が気になるだとか、どうでもいいようなことを喋ってすごした。車内は混んでいるわけではなかったが、往路と違い前の席に乗客がいたので、鏡はあえて事件の話題を避けたのだろう。

「都築くん。君は旅行は好き？」

あんなに立派な温泉旅館に泊まったのははじめてだ、なんて話をしていたら、二本目の缶コーヒーを開けながら鏡がそう問うてきた。宿では日本茶ばかり飲んでいたので、コーヒーに飢えているのかもしれない。

「どうでしょう。仕事柄、いつ呼び出しがあるかわからないからあまり遠出もできないし、好きとか嫌いとか考える余地なしってところですかね？　もうずっと、個人的な旅行なんてしてません」

ここ数年の記憶を辿りつつ答えると、ひと口コーヒーを飲んだ鏡が笑って頷いた。

「ああ。私もそうだったかな。当時の生活が染みついてしまったのか、いまも旅行らしい旅行はしないね。だからなおさら、昨日今日は、君と一緒にすごせて楽しかった」

楽しかった、という鏡のひと言に、ぱっと心が華やいだ。そのせいで「はい！」と返す声は自然と弾んだし、きっと表情も過去にないほどの笑顔になっていただろう。

「おれも楽しかったです！　あっいえ、目的は調査なんですが！」

鏡は、誰の目にもうきうきして見えるだろう一也の姿に目を細め、言葉通り楽しげに続けた。

「うん。それでも、君と旅をするのは楽しかった。次は純然たる旅行がしたいな」

彼のセリフにさらに嬉しさが湧き、再度「はい！」と答える声が先ほどよりも大きくなった。福井でともにすごしたこの二日間で、彼との距離はさらに縮まった。そう思うと自然と気持ちが浮き立つ。

そんな会話の合間にふと優しい沈黙が訪れ、そこで不意に昨夜の出来事が頭に蘇った。

調査から離れたたわいない話をするうちに緊張感が遠のいていたせいか、一度意識すると、もうそれを頭から追い出すことができなくなった。鏡と交わした言葉や、浴衣の上から彼に触れ感じた体温、そして、キスしたときの胸の高鳴りを思い出し、今度は全身がそわそわするような感覚に陥り困ってしまう。

一方鏡は、相変わらず穏やかで、特に普段と変わった様子はなかった。それでも、ほんの少しいつもより表情や態度が明るく、ひとつ重荷を下ろしたかのように軽やかに見えたのは気のせいか。

十八時くらいに弁当を食べて夕食にし、十九時頃に東京駅についた新幹線を降りた。鏡はまず一也に疲れていないか訊ね、大丈夫だという返事を聞いてから「事務所で情報を整理しておかないか」と提案した。断る理由などないのでもちろん了承し、ふたりで鏡の住んでいるビルへ向かう。

「改めて確認しておこう」

二階の探偵事務所でテーブルにコーヒーカップを置き、向かいあってソファに腰かけてから、鏡がそう切り出した。

「林さんと西川さんは一年前に福井で接触していた、この事実を知れたのが今回の収穫だ。しかし他に接点が見つかっていないのは変わらない。むしろ宿での調査から、彼らはそれまで赤の他人だったという推論はより強固になった」

「ふたりのあいだにあるのは、亡くなった方法と黒いチューリップというふたつの共通点と、福井の温泉旅館で話をしていたというひとつの接点だけですね。ここからなにか見えてくるでしょうか」

一也が首を傾げると、鏡はコーヒーをひと口飲んだあとにこんな問いを口にした。

「一年前、林さんと西川さんは死を望み、各々自殺名所である東尋坊へ出向いた、と仮定しよう。では、彼らは旅館でどんな話をしていたと思う？」

「そうですね……。仲居さんが心配するほど深刻な様子だったようだし、例えば、ふたりで自殺方法の相談をしていた、とか？」

実際に目にした東尋坊を想起しつつ、推測を述べた。断崖の上に立ち足がすくんだ、あの感覚は、頭というより肌にはっきりと残っている。とてもではないがここから海へ向かって飛ぶことなんてできない、そう感じた自分と同様に、林や西川も強い恐怖を覚えたのではないか。

「大池を見下ろしたとき、すごく怖かったです。もし彼らも同じように感じたとしたら、高所からの飛び降りは諦めざるをえなかったかもしれません。だから他の方法はないかと話をして、ふたりで思いついた練炭での自殺を後日に各自試みた、と考えれば、彼らの死因が同じでも不自然ではないです」

「うん。ふたりとも実際に自殺名所へ行ってはみたものの、飛び降りるのは諦めた、というのは私も同意見かな。けれど、君の推理では説明がつかないことがある」

「そうですね。独自の遺伝子配列を持つ交配種のチューリップをふたりがそろって育てていた理由、ですか」

指摘された推理の穴に自ら言及し、甘いコーヒーを飲みながら少し黙って考えた。先に鏡が口にした通り、これまでの調査から林と西川には福井以外に接点はなかった、とするのが妥当だろう。

昨年の四月、林は福井から東京へ戻った翌日に死亡している。ふたりが温泉旅館で話をしたもっと早い時点から、少なくとも林は、黒いチューリップを育てていたのだ。

一度の偶発的な接触があるとはいえ、林が福井で西川に花や球根を分け与えたと考えるのは無理がある。彼らはたまたま出会っただけで、仮定が事実であれば両者とも自殺を目的としてひとりで東尋坊へ出向いたのだから、誰かに渡すために林がチューリップを旅先に持っていったとは思えない。

また、東京に戻ったあと、林が西川にチューリップを贈るべく再会したとも考えにくい。なにせ林は次の日に亡くなったのだ。旅先で話をしただけの人物に花をあげる時間的、および精神的余裕なんてあっただろうか。

カップをソーサーに置き、以上の推論を述べてから、ひと呼吸置いて続けた。

「そもそも、二年前に死亡した佐々岡さんまでもが同じ花を育てていたんです。そして鏡さんの調査によれば、佐々岡さんに関しても、のちに亡くなったふたりとの接点はない」

「うん。もしかしたら林さんと西川さんのように、偶然の、ほんの僅かな接触はあったかもしれないけれど、花を贈るような関係ではなかったろう」

「……となると、黒いチューリップを彼らに渡した第三者がいる、という可能性も出てくるのでは？　死亡した三人が知りあいだったんじゃなくて、三人と各々知りあいだった誰かが存在しているってことです」

頭をひねりつつ言うと、鏡はどこかしら鋭い目を一也に向け、それからふっと笑った。

「その可能性は大いにある、と私も考えた。仮にそうした人物がいるとすれば、黒いチューリップを持っていた、あるいは持っているのが三人だけとは限らなくなるね」

一也を真っ直ぐに見つめて言ったのち、鏡は少しのあいだなにかを考えるように視線を下げ、黙ってコーヒーを飲んでいた。それから、カップをソーサーへ戻して不意にソファから立ちあがる。

「どうしましたか？」

一也が問いかけると、彼はデスクチェアに腰かけ、パソコンを起動しながらこう説明した。

「もしこの推測が事実だったとしたら、きっと四人目が現れるのだろう。同じ球根から分けられた黒いチューリップを持つ人間が三人、酷似した状況で亡くなっているのだから、また同じ花の咲く部屋で練炭自殺するひとが出るかもしれない、ということだ」

「佐々岡さん、林さん、西川さんに続いて誰かが亡くなるのではないかと？」

「そう。そしてその人物は、林さんや西川さん同様、自殺手段を探しているのではないかな。林さんたちは、実行しなかったとはいえ、亡くなる前に自殺名所まで足を運びはした。つまり、最初から練炭を焚いたわけではないんだ。練炭自殺というのはね、自死の第一選択肢にはなりづらいんだよ。自殺者の数だけ見れば、練炭による一酸化炭素中毒死の割合は高いほうではない」

鏡の言葉に、確かにその通りだと納得はした。いざ自殺を図ろうとしたときに、わざわざ練炭を用意して部屋を目張りして、なんて手段を最初に取るものは少ないか。まず面倒だし、真偽はともかく死ぬまでの過程が苦しいとも聞くし、そのうえ失敗すれば深刻な後遺症が残る。

であれば、死を望む人々はまず他の、もっと簡単で楽に死ねる方法での自死を試み、どれもなしえなかった結果練炭自殺に辿りつく、と考えるのが自然なのだろう。実際、鏡の言う通り林と西川も、練炭によって亡くなる前に東尋坊を訪れている。

「佐々岡さん、林さん、西川さんとも、我が国の自殺方法で最も多い首つりを選択していない。不思議ではあるけれど、なにか理由があるのかもしれないね」

話を続けながら鏡がキーボードを叩きはじめたので、ソファから立ちあがり、彼の分のコーヒーカップをデスクまで運んだ。彼がパソコンでなにをしているのかはわからないが、すぐにはテーブルに戻ってきそうもないのは見て取れる。

鏡は一也に目を向け「ありがとう」と礼を告げたのち、モニタに視線を戻して続けた。

「首つりの次に多いのは飛び降り。しかしこれには林さん、西川さんとも失敗している。彼らにあったのは、恐怖も忘れるほどの衝動的で強烈な自殺願望というよりも、静かに日常を蝕む希死念慮なのではないかな。なにをしていても死の影が忍び寄ってくる毎日は、苦しいものだよ」

「そうですね。どうしてもいますぐ死ななければ駄目だってくらいの衝動がないと、飛び降りは怖くてできないと思います。漠然と、もう死んでしまいたいと日々考え込むタイプのひとなら、別の方法を選びそうです」

「うん。では、首つり、飛び降りに次いで多い服毒自殺を目論むものはいないかな？　実際のところはさておき、飛び降りよりは楽に死ねそうだ、と考える人間は多いだろう」

苦しいものだよ、か。平然とそう語った鏡はもしかしたら、山手事件をきっかけに、なにをしていても死の影が忍び寄ってくる毎日を、その気持ちを知ってしまったのかもしれない。そんなふうに考えたら、なんだか自分まで苦しくなった。

とはいえ、いまはそうした思いに囚われている場合ではないのだと、小さく首を左右に振って湧いた感情を追い払った。

「おれもモニタを見ていいですか？」

気持ちを切りかえて問いかけ、鏡が頷くのを待ち、その背後からモニタを覗き込む。すると、妙に暗い背景に細かな字が並ぶ、不気味な画面が目に映った。どうやら彼は、楽な自殺方法、毒物譲渡、といった物騒な単語を端からブラウザの検索窓に打ち込んでは、怪しげな名称のサイトや掲示板を順に見て回っているようだ。

そういえば、自殺志願者の集まるサイトだとかがむかし問題になったと聞いたことがあるな、と思い出した。いつの時代でも生きづらい人間はいるのだ。明確な理由があるにせよ、ないにせよ、彼らの心中は苦しみに占められているのだろう。

「こういうのを見ているとなんだか、心が押し潰されそうになります」

目の追いつかないスピードでスクロールされる画面を眺めつつ零したら、鏡がマウスを操作しながら応えた。

「そう？　君は、死を望む人間の姿が他人に与える、負のエネルギーみたいなものには慣れていないのかな」

「はい。仕事柄、遺体には大分慣れましたが、生きているひとの死にたいって気持ちを直視するのには慣れてません。鏡さんは大丈夫なんですか？」

溜息交じりに訊ねると、そこで鏡はいったんマウスから手を離し振り返った。真っ直ぐに一也を見つめ、目を細めて笑いながら言う。

「大丈夫だよ。いまの私は、こうしたものに引きずられはしないから」

彼が浮かべた表情には、嘘もごまかしもないように感じられた。これまで見てきたより自然で、さっぱりとした笑顔だと思い、ひどくほっとする。

鏡にはいつだって、こんなふうに、うわべだけでなくただあるがままに笑っていてほしい。

その気持ちが伝わったのか、彼は少しの間を置いてから、内緒話でもするかのような、小さな声で告げた。

「昨夜、夢を見た。毎晩のように見る恐ろしい夢だ。どこへ行ってもなにをしていても私を追いかけてくるんだよ」

温泉旅館の客室でうなされていた鏡の姿が蘇り、なんと答えればいいのかわからず沈黙を返した。おのが胸を押さえ櫻井の名を呼んでいた彼は、ひどく苦しげで、軽い気持ちで意見を口に出してはいけないような気がしたからだ。

鏡はそれになにを感じたのか、デスクチェアに座ったまま、突っ立っている一也の右手を優しく握って続けた。

「けれど、君の手のあたたかさを思い出したら、夢はどこかへ消えていった」

触れたてのひらの感触や温度にいつものごとくどきりとし、そののちに、心の中がぱっと明るくなるのを感じた。自分の手は確かに、彼の痛みをいっときでも和らげることができたのだ。そう考えたら、かつてないくらいの強い嬉しさが湧いてくる。

その感情のままに鏡の手をぎゅっと握り返し、自然と弾む声で言った。

「怖い夢なんて、おれが追い払ってやりますよ！」

一也の反応に幾度か目を瞬かせ、それから、鏡もまたどこか嬉しそうに笑みを深めた。いつも通り穏やかでありつつも、常になく心情をうかがわせるような声で、短くこう告げる。

「ありがとう」

気持ちのこもったひと言に、胸が熱くなった。彼の笑みを守るために、その言葉に応えるために、自分にできることならばなんでもしよう。あたたかい彼の手を握りしめたまま、改めてそう決意した。

翌日、月曜日の昼休み、カップラーメンで昼食をすませ、デスクワークを進めておこうかと書類に手を伸ばしかけたところで、波多野から声をかけられた。

「休めるときにはちゃんと休め、都築。いまは昼休みだ」

「課長。いや、飯は食べ終わったので暇ですし」

「急ぎの事件もない日の休み時間にまで仕事をしなくていい。暇だというなら一緒に食後のコーヒーでも飲んで、ひと息つかないか？　おまえには訊きたいこともあるしな。仕事上じゃない、個人的にだ」

件の自殺についての話をしよう、と仄めかされていることはわかったので「はい」と返事をし、先に立つ波多野についていく。みな外に出ているのか食堂にいるのか、向かった先の休憩室にはひとがいなかった。

「おまえもブラックでいいよな」

部下の分も買ってやろうということだろう、そう言いながら自動販売機で二本目の缶コーヒーのボタンを押しかけた波多野に、慌てて「あっ、いえ、おれはブラックは苦手で」と言ったら、軽い笑い声が返ってきた。

「なんだ。まだブラックが飲めないのか？　相変わらず子どもみたいな舌だな」

「ええまあ。コーヒーの香りや味は好きなんですが、苦いのはちょっと。ありがとうございます」

ははは、と笑って差し出されたカフェオレの缶を受け取り礼を告げると、波多野は肩をすくめて自身の分のコーヒーを開け、ひと口飲んだ。それから、一也が同様に缶を開けるのを待ち、こう切り出した。

「例の件に進展はあったのか？　鏡と福井まで行ったんだろう」

事前に電話で許可を取ったのだから、波多野は自分と鏡が葦原温泉へ出向いたことを知っている。ならば調査の結果は報告すべきかと、カフェオレを飲みつつ温泉旅館で知った情報をかいつまんで説明した。

宿の仲居から、一年前に亡くなった林と、先日死んだ西川が話し込んでいる姿を見たという証言を得た。現時点で知れている、そしておそらくはそれが唯一だろう、ふたりのあいだにある小さな接点だ。

そのうえ二年前にも、林と西川同様、自殺方法と黒いチューリップという共通点を持った事件が発生していたのだ。この三件は単純な自殺として処理されているが、自分はそうではないと考えている。

「三つの事件にはなんらかの関係があって、裏にはまだ見えていない真相が潜んでいる。そんな気がしてならないです」

「そうか」

「福井に行って余計に強くそう感じました。赤の他人だった林さんと西川さんが言葉を交わし、その後同じ手段で、同じ花が咲く部屋で亡くなった。宿での出会いは偶然で、その後の接触もないでしょう。でも、無関係ってことはないと思います。なにかあります」

一也の主張を聞き、波多野はひとしきり唸ったあと、言い聞かせるような口調で告げた。

「現場を見た限りでは、三件はただの自殺だった。事件性があるという証拠でも出てこない限り、警察組織はこれ以上動かない。おまえが個人的に調べるのは止めないが、徒労に終わっても腐るなよ。ああそれから、無茶な真似だけはするな。あまりに危険だと判断すれば、そのときには、なにをしてでも俺はおまえを止める」

無茶をするなと言われるのは二度目だ。それこそ大人が子どもを思うように、波多野は自分を心配しているのだろう。それがわかるから意固地に反論もできず、「気をつけます」と神妙に答えた。

一也の返事を聞き頷いてから、空になった缶をゴミ箱に放って、波多野は話を変えた。

「それにしても、いまの鏡でも誰かと一緒に行動することがあるんだな」

すぐには意味が解せず一也が首を傾げると、波多野は小さな溜息をつき、新しい缶コーヒーを買って即タブを開けた。どうやらこの男も鏡と同じく相当のコーヒー好きであるらしい。

「警察を辞めて探偵になって以降、鏡はいつでもひとりで仕事をしていると聞いた。山手事件でペアに死なれたのが余程こたえたんだろう」

続けられた波多野の言葉に、ふと、探偵事務所で鏡と再会した風の強い日曜日のことを思い出した。

あのとき彼は確かこう言っていた。

——ひとりでいいんだ。もう誰も失いたくないから。

振り返って考えれば確かに、助手を雇うことすら厭う鏡が、自分を調査へ連れていったのは異例なのだと理解できる。彼は常に単独で動く探偵だ。警察官がいたほうが話が早いという算段もあったのかもしれないが、それだけでおのが行動を普段と変える人物ではないと思う。

調査方針はふたりできちんと相談し、結果を互いに報告してまた話しあう。のみならず、新幹線と特急を乗り継いで四時間はかかる遠方まで一緒に出向き、顔をつきあわせて事件について思案する。

鏡は、自分を特別なひととして扱ってくれているのだ。

「あいつはもう誰ともつるめないんだと考えていたよ。探偵業なんて、案件によっては危険も伴う商売なんだろうから、相棒がいたほうがいいときもあるはずなのにな。だが、一年たってようやく、誰かと一緒に動けるだけ回復してきたのか」

「……どうでしょう。そもそも、一緒に動く相手はおれでいいんですかね？」

波多野が口にしたセリフに問いで返すと、彼はコーヒーを飲んでから「さあねえ」と言って再度肩をすくめた。

「そんなのは鏡にしかわからない。ただ、山手事件で負った心の傷だとか、また目の前で相棒が刺されるんじゃないかって恐怖は、そう簡単にはなくならないと思うが」

「……そうですね」

波多野の言い分に、幾度か感じたもどかしさのようなものを覚えつつも、短く同意を示した。確かにその通りだ。ともに行動し、うなされていれば宥め、それでも鏡の抱える痛みや不安は簡単に消えてなくなるものではないのだろう。いっときだけは悪夢を忘れられるかもしれない、しかし、この先ずっとというわけではない。

「ならばおれは鏡さんが、もう苦しまなくていい、怖がらなくてもいいと思えるようになるまで、そばにいます。過去はなかったことにしてはならないですが、過去として片づける必要はあるでしょう。鏡さんひとりで片づけるのはきっと大変だから、おれが手伝います。そのためならなんでもします」

先日と同じように決意を声にすると、波多野は少し笑って「まあ頑張れ」とだけ言った。放り出すのではなく見守るといった表情だったので、それにいくらか勇気づけられる。

その後、波多野と別れて午後の日常業務をこなし、定時になるころにはあらかた仕事も終わっていた。普段であれば後片づけと翌日の準備をして退勤の挨拶をするところだが、残念ながら今日は当直だ。自宅に帰ることも、当然鏡の事務所に顔を出すこともできない。

夜の街で酔っ払いが喧嘩をして互いに負傷した、なんて事件を処理したり、日中は時間がなくてなかなか手をつけられない資料の山を整理したりと、なにかしら立ち働いているうちに、いつのまにか深夜になっていた。刑事当直にあたるのは通常ふたりだけなので、それなりには忙しいのだ。

ひと通りの業務を片づけて隙間時間ができると、さすがにふわふわと欠伸が出る。同様に欠伸を零している先輩刑事から、交代で寝ようと声をかけられ、賛成です、と素直に答えた。

先に休んだ先輩刑事が刑事課室に戻ってきた明け方、眠い目を擦りつつ仮眠室へ行き、雑にジャケットを脱いだ。すでに半分くらいは夢の中といった状態でもそもそと寝床に潜り込みつつ、福井の宿の布団はもっとふんわりしていたな、となんとなく考えたところで、ぼんやりしていた頭が一瞬で冴えた。

一昨日の夜は今日と違い、隣に鏡の気配があったのだ。と思った途端に、彼とともにすごした夜の記憶が色鮮やかに蘇る。

この右手を摑んだ彼の手は大きくて、浴衣越しに触れた胸はあたたかかった。そっとキスをした唇もだ。

あの手で身体を撫でられたら、唇で肌に触れられたら、どんな感じがするのか。

などと想像していたら、腰のあたりにふっと欲が湧いてきた。職場でなにを考えているのだと焦る心中でおのれを叱るが、一度意識してしまった高揚はなかなか静まってくれない。

「……おれは馬鹿なのか。勘弁してくれよ、落ち着けって」

ごろごろと無駄に寝返りを打ってから、溜息交じりに小さく声にし、しつこくまとわりついてくる欲をなんとか逃がしてぎゅっと目を閉じた。それでも脳裏に浮かんでくる鏡の美貌を、無理やり頭の中から追い払い、かわりに先ほどまで身体にのしかかっていた眠気を呼び寄せる。

確かに疲れてはいたので、浅い眠りは訪れた。しかし何度消えろと言い聞かせても、途切れ途切れの夢の中に現れる鏡の姿や、そのせいでじわじわと肌を這いあがってくる高ぶりは去ってくれず、疲労感から解放されるどころか逆に、余計にくたびれた。

翌日は、当直明けのため休みだった。

他人の気配がない自宅のベッドに潜り込みほっとしたのか、帰宅後すぐに眠りに落ちてから十六時近くに覚醒するまで、一度も目覚めなかった。

ようやく熟睡できたおかげですっきりした頭で、努めて冷静に昨夜の自分を振り返る。経験に乏しくはないはずなのに、恋に欲が交じるとこうも厄介なのかと、改めて思い知らされた。

夕食を摂るにはまだ早い中途半端な時間に腹が減り、レトルト食品で空腹を満たした。その後、いくらか悩んだのちに、鏡に電話をかけることにした。火曜日なので定休日だとわかってはいたが、昨日は探偵事務所へ行けなかったので、ひと目でいいから彼の顔が見たかったのだ。

『もしもし？　都築くん？　こんな時間にどうしたの』

数コールのあと、回線の向こうから鏡の穏やかな声が聞こえてきた。蘇る昨夜の不埒(ふらち)な想像を意識から追い出し、携帯電話を握りしめて返事をする。

「お休みの日にすみません。昨日当直だったので、今日は休みなんです。あの。ご迷惑でなければ、いまからそちらに行ってもいいですか？」

『迷惑ではないよ。今日は定休日だから、三階に直接来てくれるかな？　待っているよ』

どきどきしながら訊ねると、鏡は優しくそう答えた。迷う様子もなく彼が快諾してくれたことに嬉しさが湧き、「ありがとうございます！」と礼を告げる声が大きくなる。

身なりを整えアパートを出て、鏡の住んでいるビルについたのは、十七時くらいだった。三階まで階段を上り、彼の部屋のドアを何度かノックしてみるものの、なぜか応答がない。

自分が訪れることは知っているのだから、急用で出かけたのであれば鏡から連絡をくれるだろう。もしかしたら彼はいま、なんらかのトラブルに巻き込まれていて、電話もできない状態にあるのかもしれない。あるいは体調不良で倒れているだとか？　静かなドアを前にしてそんないやな想像が頭をよぎり、あれこれ考える前にノブを摑んでいた。

試しに引いてみたドアには鍵がかかっておらず不安が増し、いまさらためらってもいられないと、そっと部屋に足を踏み入れる。まずは、と一度通されたことのあるリビングを覗いたら、窓際の大きなソファに横たわっている鏡の姿が目に入った。

慌てて歩み寄り様子をうかがった鏡は別段具合が悪いというわけではなく、単に仮眠を取っているだけのようだった。ほっとしつつ覗き込んだ寝顔には、福井の温泉旅館で見たような苦悩の表情は浮かんでいない。悪夢にうなされることなく眠っている彼の姿を見るだけで、じわりと心があたたかくなった。

改めてリビングを見回すと、テーブルの上に開きっぱなしでスリープになっているノートパソコンが目に映った。なにかしらの作業をしていたようだ。他人がこんなに近くにいても起きる気配がない様子から、彼が相当疲れているのは察せられる。

ならば無理に起こすのも悪いかと思い、少し考えたのちにキッチンに立った。コーヒーを淹れるつもりだったのか豆はひいてあったので、湯を沸かす合間にサーバーとドリッパーをセットし、先日教わった通りにケトルを傾ける。

あのときははじめて手を握られたものだから、動揺して半分くらいは上の空だった。それでもなんとか記憶を掘り起こし、最初に少量の湯で蒸らして、そのあとにゆっくり注いでと慎重にコーヒーを淹れる。

コーヒーがサーバーに落ちきったところで、香りに誘われたのか目を覚ました鏡は、一也を見てはじめに僅かばかり驚いたような顔をした。しかし、すぐに普段通りの穏やかな笑みを浮かべてこう言った。

「都築くんか。君が部屋にいるのに、私は暢気に眠っていたの？　来てくれと言っておきながら失礼なことをした、ごめんね」

「いえ！　お疲れのところ押しかけて、おれこそすみません」

「でも、寝起きに君が淹れてくれたコーヒーが飲めるとは贅沢だ。ありがとう。鍵を開けておいてよかったよ」

勝手なことをしないようにと諫(いさ)めるでもなく、優しく礼を告げられて、内心でほっとしつつふたつのマグカップをテーブルに運んだ。向かいあって椅子に座るなり、鏡が前置きもなしに「事件に関して聞いてほしいことがある」と切り出したので、なにか発見があったのかと一也も態度を合わせる。

「はい。なんでしょう」

「福井から戻ったあと、西川さんたちと同様に黒いチューリップを持つ四人目の死亡者が出るかもしれない、その人物は自殺手段を探しているのではないか、という話をしただろう？　あのあと、四人目になりうる誰かを探すために、ずっとパソコンを睨んでいたのだけれど」

「ずっと？　ちゃんと寝ましたか？」

思わず口を挟んだら、鏡は苦笑して首を横に振った。彼は睡眠時間を犠牲にしてインターネットの海をさまよっていたらしい。

「でも、その甲斐(かい)あってようやく、めぼしいひとを見つけたよ。だから君が来るまでひと休みしようと、コーヒーを淹れる準備をしてソファに横たわっていたら、いつのまにか眠ってしまった」

「めぼしいひと？　なにを見つけたんですか？」

つい身を乗り出して訊ねると、鏡はまず「私を忘れて、だよ」と答えたのち、ノートパソコンのスリープを解除して詳細を説明してくれた。

「黒いチューリップの花言葉である、私を忘れて、というハンドルネームを使い、自殺志願者が集まり情報交換をする掲示板に書き込みをしている人物がいた。簡単で楽に死ねる薬物の入手方法を教えてほしいといった内容だ」

「ハンドルネーム、ですか？」

「そう。文中に出てくるものではなくて、ハンドルネーム。どこの掲示板も、書き込んでいるのはシンプルな名前の人ばかりだったから、珍しいと思ってね。しかも我々の知る花の花言葉だ。気にならない？」

鏡からの問いかけに、逸る気持ちを抑えきれない早口で「気になります」と返した。インターネット上にある膨大な情報の中から、たったの二日間でよくそんなものが見つけ出せるものだと驚きつつ、どうしても急いてしまう口調で今度は一也から訊ねる。

「掲示板に書き込んだその人物は、黒いチューリップを持っているということでしょうか？」

一也の性急な問いに、鏡はコーヒーをひと口飲んでから答えた。

「さて。ただの偶然かもしれない。ハンドルネームが珍しいとはいえ、書き込みの内容は他の自殺志願者となんら変わりないからね。ただやはり、ちょっと引っかかるから、掲示板に記されていたアドレスにメールを送ってみた」

「ああ、そうか！　薬物の入手方法を教えてほしいという書き込みなら、連絡先が書いてありますよね。どんなメールを送ったんですか？」

「私を忘れて、とやらと同様、死に至る薬を探している人間のふりをした。情報交換メインの掲示板で、薬物を売買しているものを装いこちらから接触すれば、詐欺を疑われるかもしれないしね。同志だと思わせておいたほうが、気を許してくれるのではないかな」

鏡がさらに説明を加えたところで、メーラーが発したのだろう短い通知音が聞こえてきた。ふたりそろってノートパソコンに視線を向け、次に目を見あわせる。一也からはモニタが見えなかったが、鏡の表情より、『私を忘れて』からの返信が届いたらしいというのは察せられた。

マウスを握った鏡は少しのあいだ黙ってモニタを見つめ、そののちに顔を上げこう言った。

「ずいぶんと丁寧な返事が来たよ。どうやら信用してもらえたようだ。件の人物は明日、都内の公園で会おうといっている」

「うまくいきましたね！　これで次のなにかが見えてくるかもしれません！」

「そうだね。では、私が会いにいってみるとしよう、君にもちゃんと結果を報告するよ」

鏡のセリフに、まずきょとんとした。それから、先ほどよりも身を乗り出して「なに言ってるんですか！」と口に出した。図らずも声が大きくなってしまったのは、この場合しかたがないと思う。

「ここはおれが行きます。鏡さんが行くというのならば、ついていきます。顔も身元もわからないひとに鏡さんがひとりで会いにいって、なにかあったらどうするんですか！」

「なにかあったら危ないから、私がひとりで行くんだろう？」

一也の剣幕に驚いたらしく少し目を見開いたあと、鏡は言い聞かせる口調で返した。

「今回は、死亡者の過去を調べに福井へ出向いたときとは話が違う。いま現在起こっていることを探る以上、想定しえない危険を伴う可能性があるんだ。大丈夫、私はこれでも元警察官だからそれなりには強いよ」

鏡の返答に、焦れったいような悔しいような感情が湧いた。これでは自分がはじめて探偵事務所を訪れたときとまるで変化がないままだ。

福井へ連れていってくれたのは、調査内容に危険はないと判断したからであり、少しでも不安があれば鏡はやはり他人を遠ざけようとする。そんなに自分は頼りないのだろうか。

「おれは現警察官です。鏡さんに負けないくらいには強いです。信頼してください」

分不相応で身勝手なのかもしれない気持ちを隠さず、真っ直ぐに鏡を見つめ、あえて強い声で言いつのった。

「そもそもこの事件は、おれが持ち込んだものです。だから、こういうときこそおれが動くべきなんです。鏡さんがひとりで危ない行動を取るのはおかしいでしょう。あなたが動いてくれるなら、せめておれも同行させてください」

鏡はしばらく黙って、そんな一也の眼差しをただ受け止めていた。そののちに、困ったな、というような表情をして答えた。

「都築くんが弱いなんて思っているわけではないよ。もちろん信頼している。この件については、最初に言ったように私は依頼を受けたわけではないから、疑問を抱いた当の本人である君と協力して調査を進めようと考えてもいる。けれど危険な行いは」

そこまで言って口を閉じ、鏡は視線をふっと下に逃がしてしまった。その彼の姿に、昨日波多野から聞かされたセリフを思い出す。

また目の前で相棒が刺されるのではないかという恐怖は、そう簡単にはなくならない。あのとき波多野は休憩室で、いつもの鏡と同じようにコーヒーを飲みながら、そんなことを言った。

警察を辞めてからおよそ一年、いつでもひとりきりでいた鏡は、誰かと行動をともにするのが、その誰かを失うのが怖いのだろう。だとしても、ここで引いたらそれこそ変化がない。

「おれは鏡さんより先には死にません。約束します。だから、あなたの相棒にしてください」

はっきりそう言いきると、いくらかのあいだ目をそらし考え込んでいた様子の鏡が、はっとしたように一也に眼差しを戻した。またしばらく無言で一也を見つめ、それから今度は、敵わない、とでもいわんばかりの笑みを浮かべる。

「君がそこまで言うのなら、わかった、一緒に行こう」

鏡からそう告げられて、肩から力が抜けた。我ながらずいぶんと強引で一方的な物言いをしたが、彼はこうして受け入れてくれるのだ。

過去のペアのような目にはあわせたくないと感じたからこそ、彼は自分を置いていこうとしたのだろう。それだけ自分を大事な存在だと思ってくれているのだ。と同時に、信頼し、重んじてくれてもいる。いまさらながらにそう理解したら、先に覚えた焦れったさや悔しさのかわりに、胸が熱くなるような嬉しさが湧いた。

鏡はそこでひと口コーヒーを飲んでから、「さて」と言って、一也からノートパソコンのモニタに目を移した。

「先方には明日の十九時、同じ境遇の連れとともに、指定の公園へ行くと返事をしておく。そのころには都築くんの仕事も終わっているだろう。それで大丈夫？」

「はい、大丈夫です！　ありがとうございます！」

キーボードを叩く鏡から問いかけられたので、勝手に弾んでしまう声で答えて礼を加えた。鏡は、メールの返信を打つあいだ少し黙り、そののちにモニタから視線を上げ、改めて一也をじっと見つめてこう告げた。

「都築くん。君は本当に真っ直ぐで、私の知る限り他の誰よりも眩しいよ。心の中にまで光が射し込んでくるみたい。私はそこに魅せられているのだろうね」

彼の声音は、これまでに聞いたことがないほど甘くて優しいものだった。そのせいで、いつだって高鳴る胸がいつも以上にうるさく早鐘を打ち、言葉を返すどころか頷くことも、発言の正確な意味を問うべく首を傾げることもできなくなった。

確実に、自分と鏡の距離は近づいている。それを肌で感じられるからこそ、一瞬、一瞬に苦しいくらいときめいてしまう。

その後、ふたりでマグカップを傾けつつ互いに明日の動きを確認しあった。そうしながら、事件の話をしているときは冷静であれ、とおのれに言い聞かせ、覚えた高ぶりを心の奥へと押し込めた。

翌日の水曜日、普段以上に大急ぎで日常業務を片づけてから、誰もいない休憩室で鏡に電話をかけた。

「お疲れさまです、都築です。今日の仕事は終わったので、そろそろ署を出られそうです」

『わかった。では予定通りに』

聞こえてきた鏡の声に、よろしくお願いします、と返して電話を切る。そののち、刑事課室に戻り退勤の挨拶をして、早足で署をあとにし、普段はあまり使わない近くの横道へ入った。

ちらと目をやった腕時計は十八時半を指していた。『私を忘れて』との待ちあわせは十九時だ。前日事務所で決めた、一也からの連絡を受け鏡が車で署のそばまで迎えにきて、そのまま目的地へ行く、という予定通りに動けばちょうどよい時間に公園につくだろう。

横道の端に停められた車の運転席に座る鏡の姿は、すぐに見つけられた。待機していても目立たぬ場所を選んだようだが、車自体はそこそこ目立っていたからだ。はじめて目にするうえに詳しくもないので車名はわからないものの、見るからに高級でスマートなセダンは、鏡の所有物に相応しい気がした。

乗ってくれ、というように隣のシートを指さされて、慌てて助手席に座った。仄かな香水のにおいを感じながらドアを閉め、改めて「よろしくお願いします」と運転席の鏡に声をかける。

「こちらこそよろしく。さて都築くん。君も承知しているように、今日の我々の役どころは自殺志願者のふたり連れだ」

シートベルトをつける一也に視線を向け、鏡はさっそくそう切り出した。

「だから都築くんは、できるだけ憂鬱（ゆううつ）そうな、夢も希望もないような顔をしていてね。前向きな君にはちょっと難しいかもしれないけれど。件の人物とは、まず私が話をしてみよう」

「了解です。頑張ります」

「うん。お互い頑張ろう。この行動が当たりか外れかはまだわからないけれど、新たな情報を得られる可能性が少しでもある以上、失敗するわけにはいかないから」

鏡は一也の返答に頷き、静かな口調で告げてエンジンをかけた。それからおよそ二十分後、十九時少し前に、『私を忘れて』との待ちあわせ場所である公園についた。それなりに広く、またきちんと整えられているようで、駐車場からも綺麗にライトアップされた園内の様子がうかがえる。

しかし、いざ足を踏み入れてみると予想外にもひとけはあまりなく、園内は静かなものだった。入り口の看板によると一時間後、二十時で閉園するようだったので、来客者のほとんどはもう退園したのだと思う。

園内案内図を確認して、昨日鏡がメールで指定されたという池に向かうと、近くのベンチに男がひとり座っているのが目に入った。おそらくは二十代半ばほど、うつむいている横顔は生気がなく物憂げで、いまにも消えてしまいそうな印象を受ける。彼が、『私を忘れて』本人だろうか。

ふたりで一度目を見あわせ頷きあってから、鏡が先に立ち男に歩み寄って低く声をかけた。

「失礼します。我々は、私を忘れて、と名乗るかたに昨日メールを送ったものです。あなたでしょうか」

男ははっと顔を上げ、鏡を認めて一瞬怯んだような様子を見せた。無表情でいるときの鏡は少々近寄りがたい雰囲気をまとっているので、彼の反応はおかしなものではない。

そののちに彼はベンチから立ちあがり、「僕が、私を忘れてです」と答え、鏡とその隣に立った一也に小さく頭を下げた。どうやらこちらに不信感は覚えなかったようだ。あえて笑顔も穏やかさも排しているのだろう鏡の姿は、同じ思いを抱く自殺志願者のものに見えるのかもしれない。

「ひとりでも、ふたりでも、なかなか事をなしえません。だから私は、決意を新たにするために、我々と同様の望みを持つひとにお会いして、気持ちを分かちあいたかったのです」

男と向かいあった鏡が、先と同じく平坦な口調で告げると、男は頷いて返事をした。

「僕も、僕と同じように人生を終わらせたいと思っているひとに会って、話がしたかったんです。ひとりで考え込んでいると、取り残されているみたいで焦ってしまうから」

取り残されているみたいで焦ってしまう、とはどういう意味だ？　変に口も挟めず黙ったまま思案していたら、一也と等しく少しのあいだ無言で男を見ていた鏡が、不意にこう切り出したので少々びっくりした。

「私を忘れて。黒いチューリップの花言葉ですね」

確かに鏡と自分はそれに引っかかりを感じてここまで来た。しかし鏡が、会話もそこそこに本題に入るとは予想していなかった。

男は鏡の言葉に、はっとしたように目を見開いた。その様子を見て脈があると感じたのだろう、鏡は淡々とした口調で続けた。

「だからこそ我々はあなたに声をかけたのです。確かに死したのちには誰からも忘れ去られたい、黒いチューリップは私の気持ちを代弁してくれているような気がします。あなたも同じ思いなのではないかと」

そこまで言ってから一拍の間を空け、鏡は男の返答を待たずにこう問うた。

「あなたはブラックシャリーはお好きですか？」

鏡からの唐突な質問に、男はすぐには答えなかった。しばらくのあいだ口を閉じたまま、動揺と興奮が入り交じったような眼差しでまじまじと鏡を見つめ、そののち少しばかり掠れた声で問い返す。

「……あなたたちはまさか、……あのかたを知っているんですか。あのかたに、お会いしたことがあるんですか？」

あのかた？　あのかたとは誰だ？　なにかある、そんな予感にぞくりとし、「それは」とつい口を挟みかけたところで、隣に立っている鏡にこっそり腰のあたりをつねられ、声をのみ込んだ。

「お目にかかったことはありません。少しばかり耳にしたことがあるだけで、どういったかたなのか、詳しいところは知らないのです」

　鏡が話を合わせると、男はなにかしら考えているような顔をしていくらか黙ってから、これ以上なく真剣な口調でこう言った。

「あのかたは、本気で死を望むものに救いの手を差しのべてくださる、僕らの救世主です。たとえ自分の力だけでは一歩を踏み出せなくても、信じて待っていれば、僕らはいずれあのかたに救っていただけるんです」

　男の言葉に鏡はいったん口を閉じた。ここでなにを言い、どう問うべきかを、いまある少ない情報から導き出すべく、最速で頭脳を働かせているといった様子だ。

「しかしあなたは、我々と同じように、自分の力で死の方法を探していたではありませんか。なぜでしょう」

　少しの沈黙ののちに発せられた鏡からの問いかけに、男はまた幾ばくかのあいだ無言になった。それから、自らにも言い聞かせるような静かな声音で答えた。

「……なんだか、生きているのがとても苦しくて、先ほども言った通り僕はちょっと焦っていたんです。ネットで見た限りだと首をつるのが一番簡単みたいですが、その方法はあのかたに禁じられていますし、飛び降りは怖いし、薬なら楽に死ねるかと思って」

　男の言い分に、ようやく合点がいった。林と西川がわざわざ自殺名所まで出向いたのも、男が薬物の入手方法を探していたのも、『あのかた』に首つりを禁じられているからなのか。

「確かに、縊死以外の簡単で楽な手段としては、薬物が思い浮かぶでしょうね。我々も薬が楽だろうと考えましたから」

「でも、あなたたちに会って同じ気持ちのひとが身近にもいるのだと知り、いくらか落ち着きました。僕の順番はまだかとひとりで焦らず、静かに余生をすごしながら、あのかたの救いの手を待つことにします。あのかたならば確実に死の救済を与えてくださるはず」

僕の順番？　死の救済？　予感はますます強くなり、興奮のような寒気のようなものに変わる。それが顔に出ないよう努めつつ、ちらと隣に立つ鏡を見たら、彼は眼差しを一也に返さぬまま小さく首を横に振った。いまは口を出すなということだろう。

確かに、ここで迂闊(うかつ)なことを言って男に疑問を抱かれるくらいなら、自分は無言でいるのが賢いか。男は鏡を信用している様子だし、ならばこの場は彼に任せるべきだと、黙って視線を前へ戻した。

「……我々も、救済を与えてくださるかたにお会いしたいです」

そこで鏡は、それまでとは異なる呟くような口調でそう言った。芝居なのか本心なのか、一也さえもわからなくなるほどに深刻な声だ。

男はまた少し考えるような表情を浮かべたあと、鏡と一也を順に見て「僕が話をします」と告げた。

「あのかたは誰かの紹介でないと会ってくれません。だからこそ、そんなに簡単には他人を紹介できない。でも、薬を探すほど本気で死を願っているあなたたちならきっと、あのかたの考えが理解できるんでしょう。すみませんが、ここでちょっと待っていてくれますか」

そう説明を加えてから男は、いったんベンチを離れ一也たちからいくらか距離を取り、携帯電話を取り出した。小さな声だったため内容までは聞き取れないものの、誰かと通話している彼の緊張感は伝わってくる。

そして数分後、一也たちのもとに戻ってきた彼は、メモ帳になにやら書いて一枚破り鏡に差し出した。記されているのは所轄署にほど近い都内の住所だ。

「あのかたのお住まいです。祝日の明日、正午にその場所へ行ってください。あのかたに会えるよう段取りをつけておきました。あと、このことは他のひとには秘密で」

「ああ、ありがとうございます。決して他言はしません」

鏡は心底ほっとした、といった声で礼を述べ、メモを受け取り頭を下げた。それから視線を男に戻し、「あなたも誰かに紹介してもらったのですか？」と問いかけた。

「はい。ある男性が、あのかたと引きあわせてくれました。その男性は二週間ほど前に救われた、あのかたが教えてくださいました」

鏡の態度にすっかり気を許したようで、言い淀むでもなく男は答えた。その言葉に引っかかり、というよりもはるかに強い予感を覚えて、思わず息を詰める。

二週間ほど前に救われた男性。それは西川のことを指しているのではないか。

そっと隣に目をやると、鏡も同様の考えに至ったらしく、一也を見つめてひとつ頷いた。彼の仕草に応え、高揚に気づかれないよう気をつけつつ、鞄から生前の西川の顔写真を取り出す。三人の死亡者の写真は、波多野の許可を得て、いつでも持ち歩いているのだ。

「この男性ではないですか？」

写真を見せて問うと、男は驚いたように「そうです」と言って頷いた。

「このひとです。一度しか会ったことはないし名前も知りませんが、間違いありません」

決定的な彼の返答に、鳥肌が立った。ここまでくれば間違いない、やはり西川の死はただの自殺ではなかったのだ。

男はしばらくのあいだまじまじと写真を見つめてから視線を上げ、不思議そうな顔をして一也に訊ねた。

「でも、なぜ写真を持っているんですか？　もしかしてお知りあいなんですか？」

「あっ。いや、その」

当然の質問ではあるものの、答えを用意していなかったので狼狽（ろうばい）し、口ごもってしまった。そこで鏡が隣から「我々と彼は職場が同じだったのです」と助け船を出してくれた。

「あのかたについて我々が少しだけ知っているのは、彼から話を聞いたからです。とはいえ、あのかたに紹介してもらうことは叶いませんでしたが」

「ああ、お仕事が。僕は彼と職場の人間関係の話まではしなかったので、知りませんでした」

「その写真は社員証のものです。我々は彼の死があのかたにつながるのではないかと考え、誰かに事情を聞ける機会があるのではないかと期待し、写真を持ち歩いていました。今夜あなたに出会えてよかったです」

　男が納得したように「そうでしたか」と言ったので、鏡はそれ以上の嘘は省き、今度はこう問いを投げかけた。

「あなたは我々とは違い、彼からあのかたに紹介してもらえたのですよね。彼とはどのように出会い、どんな話をしたのですか？」

「あなたたちと同じように、ネット上で知りあいました。最初は、自殺を望むひとが集まる掲示板で彼の書き込みを見て僕から話しかけて、メールのやりとりをしたあと、いまみたいに実際に会ったんです。僕が本気だとわかってくれた彼は、すぐにあのかたに紹介してくれました」

　男の返答を聞き、鏡は続きを促すように一度頷いた。それを受けて男はさらに説明を加えた。

「彼は、飛び降り自殺をしようと東尋坊まで行ったこともあるけど怖くてできなかった、だから、そのとき泊まった宿で出会ったひとから紹介してもらったあのかたの助けを待つと、僕に話してくれました。待ちきれないから自分で死のうと考えたとき、彼の話を思い出して、そんなに飛び降りが怖いなら薬にしようと」

　男が語る言葉に、ただ聞き入ることしかできなかった。西川が福井へ出向いた目的は飛び降り自殺を図るため、しかし生きて東京へ戻ったのは怖くて断崖から落ちることができなかったから。少なくともそれらについては、自分たちが考えていた通りだ。

　そしてまた西川は、東尋坊へ行った際の宿泊先で出会った何者かから、『あのかた』と呼ばれる人物に紹介してもらっている。

その何者かとは、同日、同旅館に泊まり、西川と話し込んでいたという、林ではないか？

鏡は「なるほど」と言いもうひとつ頷いて、少しの間を置いてから話題を変えた。

「では、黒いチューリップにはどういった意味があるのですか？　先ほど私がブラックシャリーについて訊ねたら、あなたはあのかたに言及しましたね。きっと花言葉以外の意味もあるのでしょう？　我々はあのかたにお会いしたことがないので、少し聞き知ってはいても詳しくはないのです」

「あのかたは救済の象徴として、黒いチューリップを育てていらっしゃいます。ですから、僕らにとっても同じ意味があります」

男は、鏡からの問いかけに考え込むでも迷うでもなく、当たり前のことのように答えた。

「あのかたの持つ花は、ブラックシャリーという品種に近いそうですが、正確には別の、自ら作りあげた特別な交配種だと聞きました。僕たちはその花をあのかたから分けていただき、大事に育てています。救済の花が咲く中で死ねるよう、あのかたが救いを与えてくださるのは、春なのだそうです」

男の言葉に口を挟めない、というより、強まる興奮でいよいよ声が出なくなった。そっくりの状況で死んだ三人、黒いチューリップ、それらをつなぐのは、紹介でしか会えないという謎の『あのかた』だ。ここまで来ればもう間違いない。

その後、鏡といくつか言葉を交わし、互いに一礼してから男はこちらに背を向けた。男の姿は、先に彼が言った通り幾ばくかは落ち着いたのだとしても、相変わらず覇気がないように見えた。

男は薬物での自死をひとまずは思いとどまったらしい。とはいえ、同じ願いを持つもの、を装った人間に会ったところで、男の中にある死を望む気持ちは薄れはしないのだろう。

男の頼りない後ろ姿を目にして思わず一歩足を踏み出したら、そこで鏡に腕を摑まれ引き止められた。振り返って見つめた彼はただ静かに首を横に振るだけで、手を離してくれる様子はない。

「あのひと大丈夫なんですか？　いま止めないと自殺してしまうんじゃないですか？」

焦りを隠せない早口で言いつのると、鏡はそれまで聞いたことのないような強い声音で答えた。

「ここでなにを言っても彼には通じないよ。死に魅入られてしまえばそう簡単には逃げられないし、しかも彼にはあのかたという救世主がいるのだから、余計に他人の声など届かない」

「ですが」

「もちろん、放っておこう、という意味ではないよ。誰かが死を選ぶのなら止める義理も権利もない、そう思っていた時期もあったけれど、いまは違う。私も、ひとが自ら命を絶つのを黙って見ていることはできない」

鏡ははっきりとした口調で言い、そこでようやく一也の腕から手を離した。

「だからこそ、最も効果的な方法を取ろう。彼を死の誘惑から抜け出させるために止めるべき相手は、誰よりもまず、死を救済とする『あのかた』だ。救世主の救いの手を抑止しない限り、死者は増え続けるのだろう。看過できるものではないよ」

男が消えた先を見つめてそう続けた鏡の凜とした表情からは、確固たる意思が感じ取れた。普段は穏やかに微笑んでいる彼のそんな顔を見るのは、一年ぶりだ。

いまの鏡の姿は、捜査本部で出会い憧れた刑事としての彼そのままだと思う。と同時に、哀しい過去を経てここにいる現在の鏡を映し出すものでもあるのだろう。

いつか探偵事務所で希死念慮を語った彼は、それを自らのものとして理解しているのではないか。死を望む心境を知っているのだ。だから、死んでしまいたいという他人の気持ちを、頭から否定はしない。

けれど、いまは違う。彼は確かにそう口にした。

鏡が発したセリフと浮かべられた表情に、胸の中に不意の熱さが湧き、声を返すことができなくなった。誰もむかしには戻れない、なにもなかったことにしてはならない。だが、どんな経験でもきちんと消化すれば、むかしと同様の、あるいはより強い人間に変わることはできる。鏡はきっと、そうして過去を乗り越える一歩を、いつのまにか、すでに踏み出していたのだと思う。

「福井の宿で西川さんを『あのかた』へ紹介したのは、林さんだろうね。林さんはもしかしたら、二年前に亡くなった佐々岡さんからその人物に話を通してもらったのかもしれない。メモをくれた男性と西川さんが出会ったように、同じ願いを持つもの同士が接触するのは、まれな話でもないようだし」

鏡はひと呼吸置いてから、口調をいつも通りの穏やかなものに変えて言った。

「先ほどの男性の言い分を聞く限り、『あのかた』がどこの誰なのかはわからないけれど、死を肯定する人物であるのは確かだ。いや、救済とまでいうのなら、むしろ推奨しているのかな。まるでたちの悪い宗教の教祖のようだ」

　そこまで続けてから、彼は男が去った先に向けていた視線を戻し、一也を真っ直ぐに見つめて迷いのない声で告げた。

「だから、私と君で止めてやろう」

「……はい！」

　ようやく、短く応えると、鏡は普段と変わらぬ優しくてやわらかな笑みを浮かべた。私と君で、と言った彼は、少しでも自分を頼れる人間だと認めてくれたのだろうか。微笑む彼を見つめそんなことを考えたら、それまで以上の熱が込みあげてきて、胸がいっぱいになった。


　閉園間近の公園をあとにし、情報を整理しておこうと言う鏡に従って、ふたりで探偵事務所へ行った。コーヒーカップを置いたテーブルに着き、公園での出来事について話しあう。

「死を望むものに救済を与える、あのかた、と呼ばれる人物がいる。その人物は少なくとも、確実に西川さんと接触していた。おそらくは、福井の宿で林さんが西川さんを『あのかた』に紹介したのだろう。こうなると、あのかたとやらが今回の件に深く関わっている可能性は、限りなく高いね」

　先刻の男とのやりとりを振り返ったあと、そうまとめた鏡に、同意を示した。

「はい。関係性の見えなかった西川さんと林さんが、ひとりの人物でつながりました。あとは佐々岡さんですね。彼女もまたその人物に通じていたのか。それも含めて事実をはっきりさせるには、本人を引っぱるのが早いでしょう。『あのかた』の所在は教えてもらいましたし、すぐにでも重要参考人として」

「無理だろう」

鏡は僅かばかり困ったような顔をして、それでもきっぱりと一也の言葉を退けた。

「いまはまだ、三つの自殺に事件性がある、とする証拠はなにも出ていないんだ。先ほどの男性の証言だけで警察組織を動かし、『あのかた』を引っぱるのは難しい。現段階で事の次第を説明して、正体の知れない人物を急ぎ連行してくれと訴えても、波多野を悩ませるだけだよ」

助言というのではなく断言した鏡に、確かにその通りかと納得し、頷いて返した。個人としてどう考えようと、確固たる理由がない限り、課長とはいえ波多野も刑事課を動かすことはできないだろう。であれば、証左もないまま詳細を聞かされたところで波多野が困ってしまう。

「だから、『あのかた』の自白が欲しい」

ひと口コーヒーを飲んでから、鏡は一也を見て続けた。

「そして、まだわかっていないところを紐解き、真相を暴きたい。そのために、まずはふたりで行動してみよう。現状できるのは、そうしてあのかたと呼ばれる人物の言質を取り、警察組織を再捜査へ導くことだ。それに、相手が自殺志願者のふたりだけであれば、『あのかた』も気を緩めるのではないかな？」

「確かに。下手な動きをして警戒されれば、『あのかた』も口を閉ざしてしまうかもしれません。そうなったら見えるものも見えなくなりますね」

一也が素直に返事をすると、傾けていたコーヒーカップを静かにソーサーへ戻した鏡が、こうつけ加えた。

「うん。どのような事件であれ、事の全容を明らかにしなければ、真の解決とはいえない。君も真実を知りたくて私のところへ来たのでしょう？」

再度、鏡の言う通りだと、強く頷いてみせた。いつか、中学生時代に亡くなった中里の話をしたこともあり、この男はきっと自分の信念を正確に理解しているのだろう。

自分が刑事を志したのは、真実を追究し知る力が欲しかったからだ。そうでなければ死んだ人間の魂は救われない。だからもちろん、今件についてもすべてをつまびらかにしなければならない。

佐々岡、林、西川の死に裏があるのなら、誰かが正確に読み解いてやる必要がある。すでに起こってしまった三つの事件の真相を知るためのみならず、四人目になりうる誰かを死なせないためにもだ。

方針は決まった。あとは、鏡とともにこの線を最後まで辿るだけだ。

「頼りにしているよ、都築くん」

頑張るから信頼してくれと、昨日と同じように主張しようとしたら、それを察したらしく鏡は先に口を開いてそう言った。真っ直ぐに一也を見つめてどこか楽しそうに、かつ軽やかに笑ってみせる。

「一年間ひとりきりで動いてきた。けれど今日、隣に君がいてくれて心強かった。明日もよろしくね。ふたりで動き真相を暴いて、こんな死の連鎖を断ちきろう。私は、私より先には死なないと約束してくれた相棒の強さを信じているよ」

彼の口から出るとは予想していなかった、相棒、というひと言に、公園で感じたのとは別種の興奮とよろこびが湧いた。この男は自分を認め、相棒と呼んでくれる。曇りのない笑みを浮かべ、信じていると告げてくれる。こんなに嬉しいことは他にはそうそうない。

「はい！　おれは鏡さんのことも、おれのことも、守りますから！」

弾む気持ちを隠さずに答えたら、鏡は目を細めて笑みを深めた。一也の返事に満足したのだろう表情だった。

「都築くん。君ならきっと刑事としても、ひとりの人間としても、多くのひとを救えるよ」

鏡からそう告げられて、先と同じく強い嬉しさが込みあげてきた。いまはまだまだ力不足な面もある。しかし一年後、五年後、十年後、鏡の言葉通り多くのひとを救える人間になっていたい。

「まだおれは、そんなふうに言ってもらえるほどの刑事になれてないです。でも、いつかそういう男になってみせます！」

「ああ。本当に君は、眩しいね」

決意を告げた一也を見つめて鏡が口にしたそのセリフは、誰かに聞かせるためのものではないように感じられた。ただ思ったことがそのまま声になっただけ、といった口調だ。

その後、ふたりで待ちあわせの時間や場所等を決めて、最後に「よろしくお願いします！」と頭を下げ事務所を出た。ビルをあとにし自宅アパートまで歩きながら、明日が正念場になるかもしれない、ならば事の真相を明らかにするためにしっかり動け、と自分に言い聞かせ気を引き締める。

それと同時に鏡が告げた、相棒という単純でありながらも重いひと言を改めて噛みしめた。この一年間ずっと相棒を持たなかった彼がいま自分を相棒だと認めてくれるなら、それに相応しい人物として彼の隣に立とう。

そわそわしつつもアパートのベッドで睡眠をとって、翌日を迎えた。十一時半に鏡と落ちあい、彼の車で昨日渡されたメモに記されている住所へ向かう。

そこに立っていたのは、一也には無縁の高層マンションだった。各室が広いのか戸数は少なく、最上階には一戸しかないようだ。メモによると、『あのかた』はその最上階にいるらしい。

「昨夜打ちあわせた通り、ボイスレコーダーは私が持っているよ。動作の確認はしてある。無駄になる時間も多いだろうけれど、万全を期すために最初から録音しておこう」

コインパーキングに車を停めた鏡が、ドアを開ける前にボイスレコーダーを取り出してそう言ったので、「はい、よろしくお願いします」と答えた。彼は録音ボタンを押したレコーダーをスーツにしまい、一也がシートベルトを外すのを待って続けた。

「昨日話したように、都築くんは君が必要だと判断した場合は身分を明かし、状況に応じて所轄署の応援を呼んで。三つの自殺に事件性があるとする証拠となるような自白を取れれば、警察も動くだろう」

「了解です。証拠を摑んで、真相も暴いて、警察を動かす。それが、今日の目的ですね」

「うん。そのために、現場や相手をよく観察し、記憶してくれ。声や音は機器に頼れても、感覚までは記録できない。現場に立つ意味はその場の空気感を知り、気づきや理解を得ることだよ。君は実際に二件の現場で引っかかりを覚え、それを記憶に刻んだから、いまここにいる。それと同じ」

鏡からの指示を頭の中で嚙み砕き、再度「了解です」と返した。最後に互いの意思を確認するように目を見あわせてから車を降りる。

やはりここが今件の山場になりそうだ。昨夜同様、しっかりしろと自分に言い聞かせつつマンションに歩み寄るが、そのあいだも緊張は取れるどころか高まるばかりで、冷静さを維持するのに苦労する。一方鏡はまったく気負う様子なく、常通り平然とした横顔を見せエントランス前に立った。

「はじめまして。昨夜紹介していただいたものです。今日の正午にこちらへうかがうよう指示されましたので、参りました」

落ち着き払った所作でインターホンを押した鏡が告げると、すぐに淡々とした男の声が返ってきた。

『いまエントランスのロックを解除します。エレベーターで最上階まで来てください。玄関の鍵も開けておきますから、部屋まで入ってきてください』

「承知しました。見ず知らずの我々を信用してくださり、ありがとうございます」

『あなたたちが僕のもとを訪れるのも含め、すべては真実の導きです。僕は、あなたたちを信用したというより、ただ真実に従っているだけです。あなたたちがたとえ僕に害なすものであったとしても、それもまた真実の導きですから、問題視しません』

インターホン越しの短い会話を聞いただけなのに、なんだかエキセントリックな男だなと感じた。

だ。
この声の持ち主が『あのかた』自身なのかはわからないが、そうであるのなら一筋縄ではいかなそう

一也を見て頷いた鏡と一緒にエントランスを抜け、言われた通りエレベーターを使って最上階まで昇った。一戸しかない玄関のドアを開けた鏡の後ろにつき、ふたり黙って静かな廊下を踏む。

きょろきょろと観察するまでもなく、『あのかた』とやらの住まいが相当に広いことは察せられた。廊下の左右に、バスルームやトイレだけではない数のドアがいくつも並んでいて、その向こうがどうなっているのかさっぱりわからない。

廊下の突き当たり、リビングに続くのだろうドアに手をかけた鏡は、部屋の中に一歩足を踏み入れ、しかしそこでなにを言うでもなく、唐突にぴたりと動きを止めた。無言のまま身動きもしない鏡に不自然さを感じ、彼の後ろからそっと部屋を覗き込んで、目に飛び込んできた異様な光景に思わず息をのむ。

レースのカーテンを通して陽の射し込む広いリビングには、植木鉢や水栽培用のポットが所狭しと置いてあり、各々に黒いチューリップが咲いていた。そろそろ花も終わりだろうそれらは、だからこそかいやに切なく、かつ毒々しく目に映り、その眺めに圧倒されてしまう。

ほとんど家具のない一室はまるで、冷たくいびつな秩序しかない、ひとが生きるうえで必要ななにかを欠く植物園のようだった。黒いチューリップ以外のものを排除している、もっといえば、そもそもはじめから他のものなどないといった印象だ。

前にも見たことがある、この感覚を知っている。花咲く部屋を目にし、そんな既視感がふっと頭をよぎった。記憶をさかのぼって正体を探り、そうか、事件を捜査するために実際に立った林と西川の自宅と印象が近しいのだ、と思いいたってぞくりとする。

この部屋は彼らの住まいに似ている。いや、彼らの住まいがこの部屋に似ているのか。

そして、数えきれないほどの黒いチューリップに囲まれたソファには、細身の男がひとり座っていた。

男はどこか浮世離れした雰囲気をまとっていた。性別を超えたような真っ白な服と肩に届く黒髪のせいもあるのか、年齢がわかりづらくはあるものの、おそらくは二十代半ばだと思われる。確かに彼はそこにいて、過去に知らない一種独特な威圧感を放っているのに、同時に、花に埋もれていまにも消えてしまいそうな儚(はかな)さも感じさせた。

彼こそが、複数の自殺をつなぐ『あのかた』である、というのは直感的にわかった。昨日公園で会った男は、あのかたとやらを救世主と呼んだ。俗世を捨てたかのような、ちゃんと生きているのか不安にすらなる彼の濃くも淡くもある存在感は、死を望む人間に救世主と縋(すが)りたくなる気持ちを起こさせるものなのかもしれない。

視線を鏡の背に戻すと、珍しくも、僅かばかりの緊張感が伝わってきた。彼も自分と同じく、ソファに座る男を『あのかた』であると確信したのだと思う。

少しのあいだドアを開けた位置に立ち止まっていた鏡は、そののちゆっくりとした足取りで部屋の中央まで歩を進めた。彼にならって無言のまま、一也が続いて部屋に入り後ろ手にドアを閉めると、そこで男が口を開いた。

「名を教えてください」

温度も色もないような、淡白な男の声は、エントランスでインターホン越しに聞いたものと同じだった。鏡が偽名を使うでもなくあっさり「鏡です」と本名を告げたので、一也も同じく都築だと名乗ったら、男はふたりの客人を順にじっと見つめたのちこう言った。

「僕は氷川(ひかわ)です。必要以上に名が広まれば面倒が生じますから口外しないでください。それで、鏡と都築はなにをしにここへ来たのですか」

あまりにも自然に呼び捨てにされたため、失礼だとも感じなかった。むしろそのほうが、現実感が遠のいていくようなこの部屋で、人間味のない男が口にするのに相応しい気もする。

昨日会った男が彼を指し『あのかた』と表現したのは、名を出すことを禁じられているからか。口外するなと言う以上、氷川というのは男の実名なのだろう。

「昨夜、救いを求める人物をふたり紹介すると連絡を受けました。しかし、鏡はずいぶんと冷静で、願いや望みといった心のうちが見えません。都築はそうでもないですが、救済を強く求めているようでもないです」

氷川はこれといった表情は浮かべず、また相変わらず抑揚もない口調で続けた。

「ただ、都築の、鏡への愛情は伝わってきますから、鏡が望むのであれば生きるも死ぬもともにしたいということでしょうか。いずれにせよ、本意を告げてほしいです」

「私は、あのかたと呼ばれる人物がなにを考えているのか知るために、ここに来ました。自分の目で見て耳で聞いて、正確に把握しなければ、心を明かすことも身を委ねることもできない。ですからまずはあなたについて教えてください」

問いに答える鏡の声も、氷川同様感情がうかがえないものだった。この段階で真意を読まれ口を閉ざされないようにということか、まだ様子見といったところか。あるいは鏡は、あえて氷川に合わせそうした声音を選んだのかもしれない。

「わかりました。ならば僕の知る真実を鏡と都築に伝えましょう。あなたたちがそれを理解したうえで救いを求めるのならば、僕は手を差しのべます」

疑うそぶりもなく応じた氷川は、自身が『あのかた』と呼ばれる人物であることを否定しなかった。またその言い分から、昨日公園で出会った男が口にした、本気で死を望むものに救いの手を差しのべてくれる、といったセリフも正確なのだとわかる。

「死の救済。昨夜我々は、そうした言葉を聞きました。あなたがそれを与えてくれるのだと。あなたは我々に、どのような方法で手を差しのべてくださるのですか？」

鏡は真っ直ぐに氷川を見つめたまま、すぐに本題に入った。昨夜の公園でも初対面の男相手に同様の態度を取ったので、それが彼のやりかたなのかもしれない。そのうえ氷川ははじめからなにを隠しもしていないし、正体不明のふたりの来訪者を警戒する様子も見せていないのだから、わざわざ遠回りする必要もないか。

インターホン越しに、たとえ害なすものであっても問題視しないと告げられたが、それは偽りなく氷川の本心なのだと思う。この風変わりな男にとっては、自身に向けられるかもしれない悪意や攻撃、つまりはおのが身の安全などはどうでもいいことなのだ。

「死に至る手段を教え、手を貸します。無駄な迷いが生じないよう事前に通告はしません。死は忌諱するものではなく、むしろ、人間はそれによってのみ救われます。僕のもとを訪れ救済を願うものは、その真実に気づいています。純粋な望みの前に迷いは必要ありません」

「死によって救われるという考えは、わかります。しかし、なぜあなたは我々に手を貸してくださるのですか？」

死に至る手段を教え手を貸す、という氷川の発言は、非常に重要なものだった。それが事実であれば、彼は自殺幇助罪にあたる行いをしている可能性が高い。だが、さらに掘り下げた先にある真相を知るためか、鏡はそこを突くのではなく、今度は氷川の内面を探るような問いを口にした。

「他人の死に手を貸すというのは、あなたの意思なのでしょうか。ひとを救いたいという感情からの行動、ということでしょうか？」

「僕は真実に従い、なすべきことをしているだけです。いまの僕を動かしているのは、巨大かつ絶対的な真実です。人々に救済を与えるのは僕を介した真実の意思であり、そこに僕自身の意思や感情は関与しません」

氷川は鏡の質問に、当たり前のことを言っているだけ、とでもいわんばかりの調子で答えた。

「人間は、命から解放され無に帰すことによってのみ救われます。それこそがひとのあるべき姿です。よって、意思、感情、そうしたものを自らのものとして築く必要はありません。その事実は当然僕にも適用されます。ひとは、すでにそこにある真実を知ってさえいればいいです」

「あの。氷川さんはここにひとりで住んでいらっしゃるんですか？」

観念的にすぎるやりとりに焦れったくなり、つい一歩前に出てそう口を挟んだ。氷川は特に驚くでもなく一也に目を移し、これまでと変わらぬ口調で返した。

「ええ。それがなにか」

「ああいや。ひとり暮らしには広い部屋みたいなので、誰かと一緒に生活しているのかなと思いまして。思考というのはそばにいる他者に影響されるものですし、氷川さんの言う真実をちゃんと理解するためにも、家族や友達といった親しいひととの関わりだとか、そんな話も聞かせていただければと」

人間らしさを欠く平坦な声での返答に少々怯みつつも一也が続けると、氷川はやはり淡々とこう言った。

「取り立てて話すことがないです。僕の近しい血縁は両親のみで、彼らは僕が子どものころに資産を残し、僕の目の前で自死しました。彼らは自ら求めた死に救われ、無に帰しあるべき姿になったのです。友人はいません」

子どものころに、両親が目の前で自死。氷川が明かした過去は、普通に考えれば重すぎるもので、思わず頬を引きつらせてしまった。すぐには次の言葉を口に出せない一也に対し、しかし氷川の顔にはこれといって表情も浮かばない。

麻痺(まひ)しているのか？　そうならざるをえなかったのか？　家族の自殺なんて悲劇に襲われたせいで、この男は死を身近なものとして引き寄せてしまったのだろうか。

「……家族も友達もいなくて、さみしくないですか？」

いくらか考えてから問いを重ねると、彼は、本当にそれ以外の思いなどないのだ、とわかる真っ直ぐな眼差しを一也に向け、「さみしいという感覚はわかりません」と答えた。

「そもそも人間は、みなひとりきりで生きています。ひとは孤独な生き物です。それはさみしくも哀しくもない、当たり前の状態です。ひとりで生きいずれ無に帰し救われる、ならば他人と深く関わりあうのは無意味です」

「……でも氷川さんは、死にたいと思うひとに手を差しのべるんでしょう？　他人と深く関わっていることになりませんか」

「僕の手は真実に従い動いています。よって、僕と彼らが深く関わりあっているのではありません。僕も、彼らも、死は救済であるという真実と関わり、ともにあるのです」

氷川の言わんとするところは、おそらくは半分くらいしか理解できていなかったと思う。それでも、ひとは孤独だ、という認識が彼にとっては揺るがぬ生の前提であることはわかった。

なぜだ。小さなころに両親を失った絶望感や孤独感が、彼にそうした価値観を植えつけたのか。ある日突然、家族が自分を孤独の中に残していなくなったら、自分であればさみしいし哀しいに違いない。きっとそんな表現では足りないくらいつらくて、苦しくて、心が潰れてしまうだろう。

そのとき、傷つき壊れた心は現実をどう消化する？　想像するしかないが、彼らの望んだ死こそが救済であり人間のあるべき姿なのだ、彼らはちゃんと救われたのだ、と信じ込もうとするのではないか。

そして、いつしかそれはおのが信念へと変わるのかもしれない。

「先ほども言った通り、僕がひとを救うのは、僕自身ではなく真実の意思によります」

視線を下げ無言で考え込んでいる一也に、氷川が説明を加えた。

「いつからか、真実に気づいたものたちが僕のもとへ集まってくるようになりました。それが真実の導きなのでしょう。ならば僕は、彼らと等しく真実を知るものとして、手を差しのべなければなりません。それが僕のなすべきことです。僕自身が自ら無に帰す前に、僕は真実に従い彼らを救います」

「……氷川さんが言っていることの全部は理解できませんが、昨日会った男性が氷川さんを救世主と呼んでいたのは、なんとなくわかります。だから、ひとが集まってくるというのも、わかる気がします」

幼い氷川の心中を想像していた頭を切りかえ、彼に視線を戻して言った。氷川の思想を知ると同時に、当然ながら彼とそのまわりにいる人々が取った行動も把握しなくては、事件の真相は見えない。

であれば聞いておくべきことはたくさんあるのだと、自分の胸に湧いた哀しみのような苦みのような感情をいったん追い払う。

「今日みたいに、死にたいひとの紹介で同じ思いのひとが訪ねてくるわけですよね。昨日の男性は名乗りませんでしたし、彼も紹介者の名前を知らないと言っていましたが、それが普通なんでしょうか？」

「ひととひとは必要以上に接触しないほうがいいです。孤独が薄れれば真実が遠のきます。僕のもとへやってくるひとたちもそれを理解しているので、互いに名乗り馴（な）れあうことはありませんし、再度の接触もしないでしょう」

なるほど、どういったきっかけがあったのかまでは知らないが、氷川はいま自殺志願者たちのカリスマ的存在として扱われているのだろう。希死念慮に囚われているものにとって、孤独をまとい死を肯定する氷川のありようは、求心力のあるものなのかもしれない。

氷川のもとに集う人々は、救世主の価値観に心酔しているのだ。だから同じ願いを抱くものに出会えば氷川に紹介はしても、名を教えたり、ましてや再び会ったりなんてことはしない。昨夜公園で顔を合わせた男も、氷川の手を待ちきれない焦りから同志との接触を望んだが、最後まで名乗らなかった。

あの男のような死を求める人間たちに囲まれているうちに、氷川は自（おの）ずと彼らを救済しなければならないという使命感を抱くようになったのではないか。彼自身は使命とは言わず、自分は真実に従い動いている、ひとを救うのは真実の意思だと表現したものの、意味合いとしてはつまりそういうことだろう。

そして、使命をまっとうすればおのれも死ぬと彼は決めているのだと思う。そうでなければ、自身が自ら無に帰す前に彼らを救うという言葉は出てこない。氷川にとっておのが死は、彼が両親から教えられた、人間のあるべき姿だ。

そんな信念に染められた日々を送るのは、恐ろしくはないのだろうか？

いったんは追い払った哀しいような苦しいような感情が不意に、再度忍び寄ってきて、次の質問が声にならず眉をひそめる。それが伝わったのか、しばらく無言でいた鏡がそこで、一也にかわり口を開いた。

「あなたの思想は理解しましたし、共感もします。人間は孤独な存在であり、無に帰し本来の姿になる。それはひとつの真実なのかもしれません」

鏡の発言は一也とは異なり、氷川の語る価値観をきちんと把握したうえでのもののようだった。のみならず彼はきっと、口にした通り氷川に幾ばくかの共感を覚えもしたのだろう。

誰かが死を選ぶのなら止める義理も権利もない、そう思っていた時期もあった。昨日鏡はそんなことを言った。いまは違う、私もひとが自ら命を絶つのを黙って見ていることはできない。鏡はそうも告げたし、それが現在の彼の本心だろうが、少なくとも過去には誰の希死念慮も否定できないときがあったのだ。

大切なものを失う痛みなら、鏡もまた味わっている。だから、氷川から話を聞き出すためだけに、適当なことを喋っているわけではないと思う。

「あなたの言うように、望むものには死の救済が必要なときもあるのでしょう。しかし、そうしたひとを救うために誰かが手を汚すことの是非が、私にはいまだわかりません。ですから、救ってくれとあなたに縋っていいのか判断に迷います。私に死の救済を与えれば、あなたの手が汚れてしまう」

「先ほども伝えましたが、人々に救いの手を差しのべるのは、僕を動かしている真実です。僕自身ではなく真実の意思がひとを救うのです。なにをしようと真実は汚れません」

「とはいえ、その手があなたのものであることも事実です。私は、私のために誰かに手を汚させるのには躊躇を覚えます。けれど、そんな余裕もないひともいるのでしょう」

鏡はそこまで言ってから少しの間を置き、氷川から目をそらさぬまま続けた。

「たとえば、二週間ほど前に練炭自殺をした西川には、余裕などなかったかもしれない」

予想していなかったタイミングで鏡の口から西川の名が出たので、ついぴくりと肩を揺らしてしまった。氷川の信念を把握すべく考え込んでいるうちに、危うく目的を忘れかけていたが、自分たちは事件の真相を知るためにいまこの場所にいるのだ。

「西川は私の仕事仲間でした。以前、彼からあなたの話を聞いたことがあります。私は、あなたと西川の死になんらかの関係があるのではないかと考えていますが、推測でしかない。ですから事実が知りたいのです。あなたは西川をご存じですか？」

「ええ。知っています」

「西川は私に、一年前にとある女性から、救世主ともいえる人物に紹介してもらったのだと教えてくれました。その女性もまた、過去に他のひとから救世主と引きあわせてもらったのだとか。彼女たちのこともご存じでしょうか？」

鏡から立て続けに問いかけられても、氷川は疑いを抱いた様子を見せなかった。相変わらずの淡々とした口調で「知っています」とくり返した彼に、じわりと興奮が忍び寄ってくる。

氷川はそののち、これといって迷うでも言い淀むでもなく、鏡に真っ直ぐな眼差しを向け、あっさりと続けた。

「西川、西川を僕に紹介したもの、また、そのものを僕に紹介したものであれば、すでに救いました。今年、去年、一昨年の春に救済の象徴である黒いチューリップが咲く部屋で、彼らはあるべき姿になりました」

氷川の返答に、さらなる興奮が湧きあがってきた。その言葉はもはや、鏡が欲しいと言った自白に限りなく近い。氷川にとってひとを救うとは、死を与える、という意味に他ならないのだ。

「今年あなたが救ったのが西川ですね。では、去年と一昨年に救済を与えたかたの名を訊いてもよいでしょうか」

一歩踏み込んだ鏡の問いに疑問を感じたようで、特に表情もないまま氷川は僅かに首を傾げた。

「鏡が知る必要がありますか？」

「名を知ればひとは、その他大勢ではなく個人としての輪郭を得ます。私にはまだ死というものの実感がないので、救済された同志をひとりの人間であると認識し肌で感じたいのです。すでに無に帰しているのであれば、馴れあうことも、孤独が薄まることもないでしょう？」

鏡の言い分は一也には少々無理があるものに感じられたが、氷川は納得したらしくすんなりと答えた。

「この憂き世から脱却したものの名を知ることで、鏡が真実に近づけるというのなら、それもいいでしょう。鏡が言う人物は、林と、佐々岡という名でした。彼らの永久に続く無という救済を、その安寧を想像してみるといいです」

西川、林、そして佐々岡。彼が口にした死亡者たちの名前に、ぞくぞくと肌が冷えるくらいの高揚を覚えた。もはや間違えようもない、自分と鏡が追っている三件の自殺に、この男は確かに関わっているのだ。

しかし、どのような形で関わっているのかがわからなくては、どうにもできない。死に至る手段を教え手を貸すのだという氷川の発言は、先ほども思ったように非常に重要ではあるものの、それだけではやはり、まだ決め手に欠ける。

とはいえどう問えばいいのか。自分の住む世界から遠く離れた場所で、独自の価値観を築き生きているような男の口を、警戒させることなく開かせる言葉なんてうまく選べない。

「では、もう少し教えてください。あなたの言う手を貸すとは、具体的に、なにをするという意味ですか？」

　考え込む一也の隣で鏡は、相変わらず冷静そのものといった口調で、大胆なほどストレートに訊ねた。

「先にも言ったように私は、おのが望みのために他人の手を汚させるのには躊躇を覚えます。けれど、あなたの手が汚れないような手段で死へ導いてもらえるのであれば、救済を求められるかもしれない。あなたは人々にどういった方法で死を与えるのでしょう？」

「鏡がそれを具体的に知ることで安心できるというのなら説明しますが、ありふれた手段です。彼らの自宅バスルームを目張りし、僕が用意した練炭を焚かせ、彼らに死の救いが訪れるまでドア越しに語りあいます。雑念から生じる恐れを取り去るには、真実の言葉を交わす必要があります」

「なるほど。あなたが入手した練炭で死に至らしめると」

　鏡は、氷川の発言を整理するように短く要約したのち、そこでいったん無言になった。同様に、高ぶりのみならず常にないほどの緊張に襲われ、一也も声を発せず押し黙る。

　氷川の証言は、もはや言い逃れのできないものだった。他人に死ぬための道具を与え、自殺を促している。自覚はしていないのだとしても、彼はつまりそう自白した、ということだ。

　彼がしていることは、間違いなく自殺幇助罪にあたる。その決定的な言質を取ったのだ。

　氷川の声からはこれといって感情の起伏も読み取れなかったので、自身の信じる真実に従い動いているこの男には罪悪感も迷いもないのだ、というのはわかった。氷川はただ、自らのもとに集う人々を救うべく手を差しのべているだけであり、そこには悪意も殺意もないのだから当然か。

この男を信じ崇めるものがどれだけいるのかはわからない。しかしおそらく、氷川がひとを自死に導いたのは、自分と鏡が知る三件のみではないのだと思う。警視庁の管轄下にない近県、あるいはもっと遠い場所でも、単純な練炭自殺と処理された同様の事件が発生していた可能性は大いにある。

「ところで、昨日公園で会った男性から、あなたの持つ黒いチューリップは、あなたが作りあげた特別な交配種なのだと聞きました。どういった由来があるのですか？」

しばらくの沈黙ののち鏡が問うと、氷川はそれまでと変わらぬ静かな口調で答えた。

「もともとは、自死した両親が育てていたブラックシャリーです。その花と、彼らの死後身を置いた児童養護施設に咲いていたチューリップを、僕の手で交配しました。僕はこの花を救済の象徴とすることに決めました」

「なぜ花を象徴に？」

「黒いチューリップの花言葉は、私を忘れて。この美しい花々は生に執着せず、他者の記憶からも消え去ることを望んでいます。まさに真実を映しているのです。救済の象徴として、これ以上相応しいものはありません」

氷川の説明に、納得と、少しの胸の痛みを覚えた。死を選んだ家族の情と、孤独の交配か。氷川にとっては深い意味のあるものなのだろうし、また、それこそがいつしか彼の真実になっていたのだと思う。

情は失われるものだ。人間はひとりきりで生きるものだ。経験に裏打ちされたふたつの価値観がかけあわされて、いまこの部屋に死の翳をまとう孤独の花が咲いている。

鏡は「なるほど」と再度言い、またそこで口を閉じた。欲しかった自白を取った、事のあらましも理解した、では次にどう動くべきかを考えているのか？　ちらと彼を見たら、そろそろ刑事の出番だ、と促すように小さく頷かれたので、同様にひとつ頷いて返す。

君が必要だと判断した場合には身分を明かせ、と指示されているのだ。いまがそのときだろう。

「氷川さん。私は警察官です。数年にわたり発生した、自殺と見られる複数の事件の調査のため、話を聞かせていただきました。あなたのしたことは自殺幇助罪という、罪になります」

込みあげてくる緊張をなんとか抑えつつそう告げると、氷川は鏡から一也に視線を移した。驚くどころか、彼の顔には相変わらず感情が浮かばないし、答える声も淡々としている。

「そうでしたか。鏡と都築がここを訪れたのは、僕を捕まえるためですか？」

「正確には、捕まえるためというより、真相を知るために来ました。複数の自殺をつなぐ人物が、罪を犯しているのか。犯しているのなら、どんな罪か」

「僕の行動が法的に、罪にあたると知らないわけではないです。それでも救いを求めるものは救います。それに、いつかは僕も自ら死ぬつもりなのですから、警察に捕まることなどさしたる問題ではないです」

氷川は静かに続け、そこで不意に、微かに笑った。やはりこの男はいずれ自殺する気なのか、罪を背負って無に帰すのか、そんな考えが、彼がはじめて見せた表情に驚きを覚えたせいで一瞬飛んでしまった。

純粋で美しく、迷いのない天使みたいな、だからこそ残酷な笑みだと思う。じわじわと湧いてくる感覚は恐怖に近く、また、いっさいぶれのない氷川のありかたに対する悲哀のようなものでもあった。

悪意なきこの男は、罪を犯したには違いないが、杓子定規に咎人と断定しそれで終わりとしてはいけないのかもしれない。氷川の中に凝り固まっている、さみしくて哀しい真実を解きほぐしてやらないと、死のうが生きようが彼自身には真の救いは訪れないのだ。

とはいえ、悲惨な過去をなんとか受け入れ、確かに孤独に生きてきた氷川の綻びも齟齬もないのだろう信念を、どうやったら解きほぐせるというのか？

「……氷川さん。あなたにとっては確かに、警察に捕まることは大した問題ではないのでしょう。ですが、あなたが手を差しのべ救った人々はもう帰ってきません。これも、大した問題ではないですか」

悩みつつも声をかけると氷川は一瞬の笑みを消し、それまでと同じく単調に答えた。

「帰ってこないのではありません。彼らは真実に従い無に帰したのです。あるべき姿になった彼らは思考から解放されたのですから、なにかを問題視することはないです。僕は罪を犯していますが、それは法的なものでしかなく、僕や彼ら、当事者の誰にとっても真の意味での問題にはなりません」

「……私は、少し哀しいです。あなたは罪で手を汚してまで、あなた自身を犠牲にしてまでひとを救っているのでしょう。でも、あなたを本当に助けてくれるひとはいない」

「都築の発言はおかしいです。僕は真実を知り、真実に従い動いているだけで、自分を犠牲にしてはいません。それに、いずれ訪れる死により僕自身も救われます。真実は、僕を真の意味で助けてくれます」

氷川の紡ぐ言葉にはなにひとつ隙がなく、いくら揺さぶろうとも小さな罅(ひび)すら入りそうになかった。それ以上なにを言えばいいのかわからず黙って考え込んでいると、いくらかのあいだ一也に対話を任せていた鏡が口を開き、唐突にこう問うた。

「なぜ、首つりは禁止なのですか？」

氷川はそこではじめて、はっきりとした狼狽を見せた。それまでまったく冷静さを崩さず、感情などないような顔をしていた彼の変化に、思わず自分の目を疑ってしまうくらいに一也までうろたえる。

「昨日会った男性が、首をつって死ぬのは禁じられているのだと言っていました。ひとを死へ導くのなら、縊死は比較的簡単で確実な手法なのに、救世主がそれを避けているのが不思議だったのです。だから教えてください。あなたが首つりを禁止としているのは、なぜですか？」

一方鏡は、氷川の様子には特に驚いてもいない声音で、同様の質問をくり返した。それから、ひややかにさえ聞こえるほど平坦な口調のまま、答えが返ってくるのを待たずに続ける。

「もう一点、訊きたいことがあります。あなたのご両親についてです。私は、彼らの自死があなたの真実を形成したのだと考えていますが、ここまで話をしていても詳細が見えてこない。なのでひとつずつ教えてください。彼らはどういった手段で自殺したのでしょう？」

なにかしら返事をするのかと思ったが、氷川は頬を引きつらせるばかりで声を発さなかった。いままでいっさい淀みなく言葉を連ねていた男とは別人のようだ。

鏡はそんな氷川を認め、「これらの質問には答えてくれませんか」と口にし、さらに続けた。

「西川たちを救済した方法については問えば教えてくれるのに、不自然ですね。ならば私はひとつ仮説を立てましょう。あなたの両親は首をつって死んだ、だからあなたは人々にそれを禁じている。なぜなら、子どものころに見た首つり死体を思い出したくないからです。違いますか？」

鏡の言い分に氷川は、先ほどよりもあからさまに様子を変えた。真っ青な顔をして、苦しげに息を喘がせる。反論できないどころか平静を装えもしないその姿は、鏡が告げた仮説を肯定しているようにしか見えなかった。

ない、と思っていた氷川の信念の綻びは、そこにあるのか。

「彼らの痛ましい姿を思い出しているのですか？」

鏡は静かに、それでいてどこか逃げ場を奪うような口調で告げた。

「思い出すと苦しいですか？　あなたは、ご両親は自ら求めた死に救われ、無に帰しあるべき姿になったのだと言った。それが世の、なによりあなたにとっての真実なのであれば、思い出したところで苦痛など覚えないはずです。けれど、いまのあなたはとても苦しそうだ」

相変わらず言葉を発せぬまま細かに震え出した氷川と、下手に口を挟めない一也が黙れば、黒いチューリップの咲く部屋で聞こえるのは鏡の声だけだ。だからこそか、彼の語る話はより真実味を帯び、じわじわと心に割り入ってくる。

「なぜならあなたは、本当はご両親の死が、首をつって命を絶った姿を見るのが、いやだったからです。子どもだった当時だけではありません。いまに至るまであなたはずっと、ご両親が自分を残して自死したという事実に苦しめられている。きっとあなたは、彼らに生きていてほしかったのでしょう」

鏡はそこまで言い、少しの間を置いてから、今度は機械のような慈悲のない声で続けた。

「ならばあなたの真実には大きな齟齬がある、ということになりますね。あなたの語る言葉と、あなたの抱える苦痛は、矛盾しています」

鏡の発言は、一也にも理解のできるものだった。いままで交わされていた形而上的な対話よりは余程わかりやすい。

氷川にとっては、過去に目にした家族の首つり死体が、情景を思い起こすと精神的苦痛のみならず、過呼吸や振戦といった身体的症状をきたすほどのトラウマになっているのか。

彼は、死を救済だと語る一方で死を忌んでいる、理屈と感情が乖離している、実はそんな息苦しい状態にあるのだろう。そうしたアンビバレントなおのれを打ち消したいがために、彼は前者を強固にし後者を消し去ろうとしているのではないか。

しかし、追及されれば簡単にトラウマの原因がフラッシュバックするのだから、死を忌む感情は彼の心の奥底で蠢いており、消し去れてはいないわけだ。

つまり氷川は、残されたものの苦しみや孤独を、いまだ完全には受け入れきれていないのだと思う。

あなたは彼らに生きていてほしかったのでしょう、鏡のそのセリフも正確なものなのだろう。とすれば彼はまた、自死を肯定しきれてもいない。

氷川はひとり置き去りにされた孤独の中、両親の自死を救いであると信じ込むことで、なんとかおのれを保ってきた。彼にはそうすることしかできなかったのだ。しかし、どうしても拭いきれないショックが、氷川曰く真実を盲信したい彼自身の足を引っぱる。

相反する理屈と感情に左右から引き裂かれるような、そうした状況に陥った経験などない自分には、氷川がいまどれだけの苦痛を感じているのかは想像しきれない。しかし、彼が計り知れないほどの苦しみを味わっているという事実はわかった。

鏡の指摘は氷川にとって、一也が思う以上に明瞭に理解できる、ゆえに胸に刺さるものだったのだろう。いまや声もなく両腕でおのが身体を抱き震えている氷川も、そうとはっきりは意識しないながらも、心のどこかでは自身の思想にある綻びに気づいていたのかもしれない。だからこそ、いざこうして他人に突かれるとこんなにも揺らぐのではないか。

言葉を切り氷川を見つめていた鏡は、しばらくののちにちらと一也に視線を向けた。言いたいことがあれば言いなさい、というような眼差しだったので、ふと思い出した中里の顔を脳裏に描きながら口を開く。

「それまですぐ近くにいたひとが亡くなって、残されたものの気持ちなら、私も少しわかります。あなたの苦しみを理解できるとまでは言えませんが」

氷川は、鏡から一也に目を移しはしたものの、やはりなにを言うこともできない様子だった。怖いくらいなにもなかった瞳に、いまは傷ついたような怯えたような色が宿っており、なんだか可哀想にすら感じてしまう。

とはいえ、だからいま、伝えたいことがあるのだ。いくら待っても氷川の声は返ってきそうになかったので、なるべく彼を追い詰めないよう静かに続ける。

「ご両親が自殺してしまったとき、あなたはさみしくて哀しかったんでしょう？　なのに、自殺は救いだなんて、無理やりそんなふうに自分を騙さなくてもいいのではないのですか。黒いチューリップを大事に育てて、私を忘れて、なんて言いながら無に帰すのが、あるべき姿なわけないです」

そこまで言って再度いったん黙り、氷川の様子をうかがっても、やはり返答はなかった。彼は相変わらず震えているばかりで、口を開ける状態にはないように見える。

浮世離れした雰囲気をまとう救世主としてそこにいた氷川とは、まるでひとが変わってしまったようだ。いま目の前にいる彼は確かに、感情を持ちそれを制御しきれないでいるひとりの人間なのだろう。ならば自分の声が届くかもしれない。

「そもそも、死んだひとを忘れるのは無理です。氷川さんだって亡くなったご両親を忘れていないでしょう。誰かの心に残っているのに、それを無といえますか」

少しでも気持ちが伝わるようにと祈りながら、努めて落ち着いた口調で告げた。

「あなたのご両親はあなたの中にいるんです、無ではないんです」

氷川は、動揺も隠せぬ頼りない眼差しで、言葉を重ねる一也を見ていた。なにも感じていないなら、そんな目はしないだろう。納得も共感もできないかもしれないが、いま氷川は自分の話を聞いている。であればと、真っ直ぐに彼を見つめ返した。

「氷川さんが救ったというひとたちの遺族も、亡くなった家族のことを覚えていましたよ。本人は無になれず、残されたひとは苦しいなんて、あなたは結局誰のことも救えていないんです。あなた自身の心だって、救えていません。自殺というのはそういう行為です」

できる限り簡潔でわかりやすい表現を探しながら言い、ひと呼吸置いて続けた。

「生きているのが大変なときもあるかもしれません。つらい過去を思い出し、行く先も見えなくなって、死に向いてしまうひともいるでしょう。それでも、誰かを救うためには、腕を掴んででも生に向かせるべきなんです。私がひとを助けるなら、そうやって助けます」

中里にうまく手を差しのべられなかった過去を思い出しちくりと胸が痛んだが、おのが決意を再度自分で確認するためにもはっきり言いきって口を閉じた。鏡は一也が黙ったのち少ししてから、いまだ喋れないでいる氷川に、淡白な中にも僅かばかりの情を感じさせる声で告げた。

「自死とは、幼い君にトラウマを植えつけたご両親の遺体そのものであり、都築くんの言う通り誰を救うものでもないんだよ。ひとを救いたいのなら、生かしなさい。もちろん、氷川くん自身のこともだ」

あえてそうしたのか、彼の口調はいつも通りのものに戻っていた。氷川が素であるのなら、自身も素を見せようという意味かもしれない。

以降、みなが口を閉じた部屋は、しばらくのあいだ静まり返っていた。そっと目をやったたくさんの黒いチューリップが、心なしか、最初に感じた切なさ、毒々しさを薄れさせているようにも見える。それはきっと、この空間や氷川に対する自分の認識が、はじめてここに足を踏み入れたときといまとで異なるからだと思う。

氷川は救世主ではない。子どものころに両親を失い、孤独に生きるしかなかった、そのためにいびつな価値観を構築するしかなかった、可哀想なただの人間なのだ。

「……僕にとっては、死を願い、いつかそこへ消えていくことが救いでした」

それからようやく、ずっと押し黙っていた、というよりなにをも言えなかったのだろう氷川が口を開いた。彼の声は小さく、そのうえひどく掠れていたが、しんとした部屋でいやに切実なものとして耳に届いた。

「僕のもとへやってくる人々にとっても、そうなのだと信じました。でも、それが間違いだというのなら、生かすことが救いなら、どうやったらひとを生かせるのですか。鏡、知っているのなら教えてください。どうやったら僕は、生きていられるのですか」

自身の身体を抱いたまま鏡に問うた氷川の姿は、一也たちがこの部屋を訪れたときの、表情もなく感情もうかがえない『あのかた』のものではなかった。いまの氷川は、それがあったからこそ立っていられた信念の支柱を突然折られ、なにもかもがわからなくなってしまったとでもいうかのような、混乱もあらわな青年だ。

鏡は氷川の言葉を受け、今度はいつもの彼らしいやわらかな声音で返した。

「君がそれを私に訊くのであれば、ひとを愛おしみ、闇を晴らす眩しさを分けあえばいい、と答えておこうかな。この憂き世を生きるため、そして誰かを生かすために、人間はそうしてつながりあうのだと思うよ」

鏡の返答に氷川は声を発さず頷きもせず、無言のまま必死になにかを考えている様子を見せた。これまでの氷川であれば即座に言い返したはずだが、現在の彼は自身とは異なる他人の見解を、なんとか嚙み砕こうとはしているらしい。

簡単にすべてを書きかえることはできずとも、少なくとも氷川は、ずっと信じてきたおのが真実に疑問を抱きはじめはしたのだろう。眉をひそめてうつむき考え込んでいる氷川を見て、鏡もそう判断したらしく、隣に立っている一也に「署に連絡を」と短く指示をした。

はっと我に返り、慌ててスーツから携帯電話を取り出して、所轄署の刑事課に電話をかけた。一方鏡は、一也が当直員に状況を説明し協力を要請しているあいだに、ゆっくりとした足取りでソファに座る氷川に歩み寄り、その肩に手を置いた。

「死にたいほどの絶望はわかる。それは決して忘れられるものではない」

視線を上げた氷川と目を合わせ、鏡は穏やかに告げた。

「けれど、きっかけがあれば傷は癒えるよ。私は、君の傷が癒えるように祈ろう」

鏡の声は常以上に優しく、また眼差しはあたたかかった。通話を終えた携帯電話をスーツに戻しながら、そんな鏡を認めて、一也はほっと肩から力を抜いた。

一也からの連絡を受け氷川のマンションへやってきたのは、制服警官数人と、当直の先輩刑事がふたりだった。彼らは、黒いチューリップで埋め尽くされた異様な部屋を目にしてまずは驚き、それからすぐに面持ちを引き締めた。

氷川は、警官たちに任意同行を求められ、抗（あらが）うこともなくほとんど黙ったまま指示に従った。現在は一般人にすぎない鏡も、署へ来るよう丁重に促され先に部屋を出ていく。

「祝日なのにすみません。忙しくなかったですか？」

黒い花が咲く部屋で、電話で伝えたのと同じ内容を改めて口にし、軽く頭を下げてから訊ねると、「祝日なのにな」とくり返した先輩刑事に小突かれた。

「別に忙しくはないよ。幸運にも今日は事件の類（たぐ）いは発生してない。だが、休みの日は人員も充分じゃないんだし、あんまり危なっかしい真似をするな」

「はい。すみません」

「なんだ。殊勝じゃないか？　まあ、小言の続きは課長がやるだろ、ここの保存は他のやつに任せて、とりあえず署へ急ごう。都築がいないと話が進まない」

再度「はい」と返事をし、先輩刑事の運転する車で所轄署へ向かった。呼び出しを受けたらしき数人の刑事たちが見守る刑事課室で、少々緊張しつつ波多野のデスクの前に立つ。

はじめに勝手な行動を取ったことへの謝罪を告げ、先よりも深く頭を下げた。そののちに、今回の事件についての真相を説明する。腕を組み、難しい顔で話を聞いていた波多野は、一也が口を閉じてから刑事課室にいる部下ひとりひとりに指示を出し、最後に盛大な溜息をついてこう言った。

「都築。ご苦労さん。文句はあとで言ってやるから、とりあえずは処理に走れ」

「はい、ありがとうございます！」

再度頭を下げて礼を述べ、他の先輩刑事に混じり早足で刑事課室を出た。呼び出しで人員が増えたとはいえ、人手が足りないのは間違いない。平日とは勝手が違う署内を右へ左へと駆け回るのは、思っていた以上に大変だった。

マンションの部屋で鏡が録音した音声、また取り調べでの自供もあることから、氷川については今後逮捕送検と事を進める、といった方針が定まったのは、夜も遅い時間だった。一也が走り回っているあいだに鏡はとうに署をあとにしており、この状況ではしかたがないとはいえ、ちゃんとふたりで話ができなかったことに少しばかりの悔しさが湧く。

今後の方向性が決まったことで、署はとりあえずの落ち着きを取り戻した。ひと休みしようと一也が休憩室へ向かうと、同じようにひと息つきにきていたらしい波多野がひとりで缶コーヒーを飲んでいた。

お疲れさまです、と声をかけてから自動販売機の前に立ったら、波多野の手が伸びてきて小銭を入れ、カフェオレのボタンを押してくれた。こんなふうに扱われると、そのあとに聞こえてきた小言も妙に優しいものに思え、目を落として大人しく返事をしつつも少々くすぐったくなる。

上司の義務、というように数分ばかり説教を口にしたあと、波多野は「ところで」と言って話題を変えた。

「さっき鏡に会ったよ。電話じゃなくて直接顔を合わせるのはひさしぶりだ」

鏡の名が出たのでどきりとし、はっと視線を上げたら、珍しくも単純に、ただ嬉しそうに笑っている波多野と目が合った。

「山手事件後のあいつとは、ずいぶん変わってたな。表情も雰囲気も晴れやかだったよ。二週間ほど前に電話で、都築が事務所に行くかもしれないと話したときと声も違ったし、きっとおまえのおかげなんだろう」

「……おれは、鏡さんの役に立てたんでしょうか」

「都築があいつの事務所に行ってから変わったんだ、なにかしらのきっかけにはなったのかもしれないな。おまえは無駄に元気だから、感化されたのか」

つい口にした問いに対して続けられた波多野の言葉に、途端に胸が熱くなるのを感じた。長いあいだ近しくあるものにも鏡の変化がわかるのなら、それは自分の都合よい勘違いというわけでもないのだろう。

過去に囚われ翳をまとっていた彼は、自分と再会して以降、確かに変わったのだ。

「課長。今回はたくさんご迷惑をおかけしてして、申し訳ありませんでした！」

込みあげる嬉しさを持てあましつつも、改めて波多野に頭を下げ、謝罪と、正直な気持ちを告げた。

「自分でどうにかするつもりだったんですけど、なにしたっておれだけの力じゃどうにもならないってことを思い知りました。今後精進します。それと、いまさらですが、鏡さんに紹介してくれてありがとうございました！」

礼を加えてから頭を上げたら、波多野は一也の大声に少々驚いたような顔をしたのち、苦笑交じりに「本当に元気なやつだな」とだけ返し、仕事に戻れというように片手を振った。それ以上は言わなくていいといった態度に、いくらかは思いが伝わったろうと判断し、はい、と返事をして廊下に出る。

刑事課室に戻ると、待ち構えていた先輩刑事たちから次々と書類を手渡された。事件を正確に把握しているのは一也だけなので、調書等にはすべて目を通し、齟齬がないよう確認しなければならないのだ。

そんな作業に追われているうちに、気づけば深夜になっていた。帰宅するのは諦めて仮眠室で数時間だけ横になり、署で翌日の朝を迎える。

平日の所轄署で各課の面々に、改めて事の詳細および氷川たちの今後の扱いを説明した。先輩刑事たちから前日同様、あまり危なっかしい行動を取るなと口々に叱られ、また、そんなところもおまえらしいと呆れ半分で成果を褒められる。

その後も、今事件の資料をまとめて報告書を作成したりと慌ただしくすごし、すべて片づいたときには夜になっていた。署を出たところでちらと目をやった腕時計は、二十二時すぎを指している。丸一日以上職場にいたのかと改めて自覚したら、忙しすぎてそれまで忘れていた疲労感が肩のあたりにのしかかってきた。

鏡の声が聞きたい。そう思いはしたものの、こんな時間にこんなにくたくたの状態で顔を見せるのもためらわれるし、くたびれた声で電話をかけるのもなんだか申し訳ないと、今日のところは諦めて大人しく自宅に帰ることにした。狭いアパートでシャワーを浴び、そのままベッドに倒れ込む。

疲労でぼんやりする頭で、一昨日のひと幕で鏡が口にした言葉や浮かべた表情、また、彼や氷川の心中といったものに思いを巡らせた。これが最良の幕引きといっていいのかはわからないが、現時点で取れる行動としては妥当だったろう。

氷川が逮捕、送検されることで、夜の公園で会った男をはじめとした、彼のもとに集う人々が目を覚ますといいのだが。忍び寄る睡魔の中でそんなことを考えているうちに、いつのまにか深い眠りにのまれていた。

事件が解決しほっとして疲れが出たのか、翌日の土曜日、目覚めたときには昼近くになっていた。

適当に昼食を摂りながら思案して、結局は鏡に電話をかけた。木曜日に氷川のマンションをあとにして以降、ばたつく署ではまともに会話もできぬまま鏡は帰ってしまったし、昨日は声も聞けなかったから、改めてきちんと礼を伝えたかったのだ。

それに、今回の件についてともに調査にあたってくれた鏡には、事件や氷川の今後の扱いといった事の概要を説明する必要があるだろう。なにより、真相が明らかになりようやく冷静になったいまだからこそ、ゆっくり彼と話がしたかった。

「こんにちは、都築です。もしよければ、今日事務所にお邪魔してもいいですか？　ちゃんとお礼を言いたくて」

電話越しにそう告げると、回線の向こうで鏡は優しく答えた。

『いまは仕事で外に出ているから、夜でもいいかな。二十時すぎに事務所ではなく直接三階へ来てくれないか？　待っているよ』

待っているよ、というひと言に心が浮き立ち、弾む声で「ありがとうございます！」と返したら、ふふ、と小さく笑う声が聞こえてきた。それになんだか苦しいくらいに嬉しくなる。

しばらく放棄していた部屋の掃除や食料の買い出しをして時間を潰し、昼と同じく簡単に夕食をすませてから、夜、身支度をして鏡の住んでいるビルへ向かった。腕時計を見て二十時すぎであるのを確認し、ビルの階段を上って三階のドアをノックすると、いつも通り糊のきいたシャツを身につけた鏡に出迎えられる。

コーヒーを淹れて待っていてくれたらしく、鏡は一也をリビングに通したあと、すぐにカフェオレの入ったマグカップをテーブルに置いた。

「抱えていた別件も、今日、ようやくすべて片づいた。次の仕事に取りかかるまで少し余裕があるから、数日はのんびりしたいね」

礼を告げてテーブルに着いた一也にそう説明し、自身の分のマグカップを手に鏡が向かいに座った。確かに、仕事を終えたあとといったすっきりした表情をしている。

「忙しい中、面倒な事件を持ち込んでしまって、すみませんでした」

小さく頭を下げて詫びてから、まずはと、警察としてのこれからの方針等、今事件のあらましを説明した。それを黙って聞いたあと、鏡は穏やかな口調でこう言った。

「過去はともあれ、我々がいまなすべきことはなせたのではないかな。亡くなってしまったひとを蘇らせるのは不可能だけれど、今後起こりえた同様の事件は阻止できたろう」

「だといいんですが。氷川は、死にたいと願っているひとを全肯定していたわけですよね。その氷川がいきなり逮捕されたって、一度肯定してもらったひとたちが抱く希死念慮は消えない気がします」

「としても、きっと大丈夫。信念の綻びを自覚した以上、氷川はもう誰にも手を差しのべられないだろう。つまり、彼を救世主としていた人々は自死を実行するきっかけを失ったということだ。最初は困惑しても、いずれは希死念慮とともに生きていられるようになると思うよ」

鏡の言葉を少しのあいだ黙って咀嚼し、それからひとつ頷いて返した。ひとりでも、誰かの命をそうしてつなぎ止められたのなら、今回自分たちが動いた意味はある。

「おれだけじゃ多分、なにもできなかったです。本当にありがとうございました。どうやってお礼をしたらいいのかわからないですが、なんでもするので使ってください！」

「いや、そんなに気にしないで。むしろ私が礼を言いたいくらいだし」

鏡は一也の言い分にくすくすと笑って答え、ひと口コーヒーを飲んでから、声音を変えて静かに続けた。

「氷川が真実と表現した価値観が理解できないわけではないんだ。いつ死んでもいい、誰の記憶からも消えてしまいたいと思うこともあったから。けれど、君に出会って気持ちが変わった」

「変わった？」

「うん。生きていたいと願えるようになった」

つい鏡のセリフをくり返した一也をじっと見つめて、彼はそう言った。そののちに、不意の感動のような、心を揺らめかす熱のようなものに襲われ口を開けなくなった一也に、今度はひどくやわらかな口調で告げる。

「君は、命の尊さを知っているからこそ、生きることに疑問を抱いていないのだろう。生きて、その真っ直ぐな目で真実を見極めるべく走り続けている。それが君にとっての当たり前なんだ。はじめのころは眩しくて直視できない、触れられない、そうしてはならない気がしていたよ」

「……おれはただ」

なんとか答えようと短く言ったはいいものの、咄嗟には続きが思いつかない。鏡は、結局は黙った一也を見つめたままこう続けた。

「でもいまは、君のそばにいるとあたたかくて心地よいと感じる。なにがあろうと現実から目をそらさず前を向いている君の姿は、誰にも真似できないほどに眩しく、そしてその眩しさは君のみならずまわりのものをも照らす、生きる力だ」

鏡のセリフを頭の中で反芻し、改めてじわりと湧き出してくるよろこびを噛みしめた。彼が口にしたひとつひとつの言葉が、心の端々まで沁み入ってきて、洩らした吐息が僅かに震えてしまう。

先日氷川に対し鏡は、死にたいほどの絶望はわかる、それは決して忘れられるものではないと告げた。そんな、過去を引きずりいつ死んでもいいと思っていた男が、自分のそばにいると心地よい、この姿を見て生きる力だと感じてくれるようになったなら、これ以上嬉しいことなんてない。

と同時に、あのとき鏡が発した、きっかけがあれば傷は癒える、という言葉も蘇った。

「……おれと一緒にいて、あなたの傷は癒えましたか」

いくらかのあいだ無言で迷ってから、いまなら繊細な心のうちまで教えてもらえるかもしれないと、思いきって訊ねた。すると鏡は、幾度かそうしたのと同じように、マグカップに添えていた一也の右手に左のてのひらを重ねて答えた。

「福井で君が触れてくれたときに、痛みが和らいだ。キスをしてくれて嬉しかったよ」

彼の返答に一瞬きょとんとし、それから一気に焦りが込みあげてきた。この男は、あの夜のことを知っていたのか？　眠っていると思って衝動のままにキスをしたのだが、実は起きていたのか。

「ち、がうんです。いえその、違わないですけど、いや、おれはその」

動揺も隠せずしどろもどろに言い訳する一也を認め、鏡は愛おしげに目を細めて「そんなに慌てないで」と続けた。

「私は本当に嬉しかったんだよ。君のことを好きになっていたから」

君のことを好きになっていた、とはつまり、どういうことだ？　すぐには意味がわからず、しばらくぽかんとしたまま鏡の美貌をただ見つめ、そののちに、ようやく彼の言葉を理解してつい喉を鳴らした。

この男はいま、あのときにはすでに好きだったのだと自分に恋情を告げている、のか？

「……いつから？　いつからおれを、好きだったんですか？」

いまだに消えない動揺のせいで、実に芸のない問いになった。鏡はそれが面白かったのか、楽しげに笑って返事をした。

「以前過去の恋の話をしたときに、君は案外と普通の、恋愛に夢中になったり悩んだりする男なんだと知って、親近感を覚えた。触れても怒らなかったから、もしかしたら私のことを少しは好きなのかなと、自惚れもした」

「おれ、は、えっ、と」

「そのあと福井で、私のことを知りたい、傷を治したいと言われて、胸が熱くなった。あのときに私は君に惚れたんだ」

そんなに早い段階で恋心がばれていたのかとうろたえて胡乱な声を発したら、鏡がそう続けた。惚れた、その情熱的なひと言に、思わず息を詰めてしまう。

「君は？　都築くんは、私をどう思う？」

さらには優しく問いかけられ、今度は身体が動かなくなった。頭の中がぐちゃぐちゃになって、どう答えるべきなのか考えつかない。

そうしてしばらくのあいだ硬直したあと、喘ぐようにひとつ深呼吸をし、なんとか気持ちを落ち着かせた。

いまが、恋愛感情を明かすチャンスなのだろう。

ならばここで正直に、たとえ不器用でもいいから、ちゃんと自分の気持ちを伝えるべきだ。

「……おれは鏡さんが好きです。多分あなたが思うより、もっとずっと好きです。福井で、眠っているあなたに言いました。本当は起きていたなら聞いてたんでしょう？」

逃がしきれない緊張のせいで若干うわずってしまう声で告げると、鏡は先ほどより楽しそうに笑い

「そうだね、聞いていた」と言った。それから、一也の手を握る左手の力を強めてこう囁く。

「あの夜が、私の傷が癒えるきっかけになったんだろう。毎夜うなされていたのに、あれから悪夢も見なくなった。私は私を癒やしてくれた、君のあたたかい手が好きだよ。だからもっと触れて、撫でてくれないか」

この男は自分を誘惑しているのだ、というのはわかった。断られるなんて思ってもいないのだろう、そういう余裕の笑みを浮かべている。

そしてその通り、こちらも断る気はない。

「……これから先、なにがあっても、あなたがもう二度と痛みや苦しみに苛まれることがないように、たくさん撫でてあげたいです」

高鳴る胸はそのままに、もうひとつ深呼吸をしてから、真っ直ぐに鏡を見つめて答えた。

「だから、あなたもおれのことしか考えられなくなるくらい、たくさんおれに触ってください。手を握るだけでは、足りないんじゃないですか」

一也の返答に鏡は、今度は満足そうに目を細めた。そののちに、見たこともないほど甘く、なまめかしく笑って、色気をはらむ低い声で告げた。

「ならば、君がもういやだと泣き出すまで、たくさん触ってあげるよ」

促されて先にシャワーを浴びて、バスローブ一枚だけをはおり、ベッドルームでひとり鏡を待った。

はじめて足を踏み入れたベッドルームには必要最低限の家具しかなく、綺麗に片づいているというより、整理整頓するものもないといった印象だった。ここで自分は鏡とセックスをするのか。好きな男に思う存分触れられるのか。ひとりで寝るには広かろうベッドを目にして、いまさらながらにそう実感し、そわそわと落ち着かなくなる。

逸る気持ちを持てあましつつ、ただ待っているのも焦れったくなってきたころ、一也と同じくバスローブを引っかけただけの鏡が部屋に入ってきた。片手にスキンジェルのチューブを握っている。

いまからなにをするのか、それをどう使うのかなんて決まっているし、自分も間違いなく求めている。なのに、チューブを目にした途端に心臓が大きく鼓動して、つい身体を強ばらせてしまった。

そんな一也を認めて、鏡は優しく笑った。チューブをベッドの枕元に放ってから一也の前に立ち、頬に手を添えて告げる。

「そういえば、ちゃんとキスをしたこともなかったね。まずはくちづけをしようか、君も応えて」

「は、い。ちゃんとキス、しましょう」

「うん。君の素直で可愛いところは、ベッドを前にしても変わらないのかな」

ふふ、と笑った鏡は、もったいぶるでもなく唇を寄せてきた。自分から彼に触れるだけのキスをしたことはあるが、こんなふうに唇をはまれるのははじめてで、嬉しさのような緊張のような、なんともいえない感覚が背筋を這いあがる。

　少しのあいだ様子を見るようにやわらかく唇を重ねていた鏡は、相手が逃げないと見て取ったのか、次に舌を一也の口の中に挿し入れてきた。ためらいのない動きとあまりにも生々しい感触に、ついびくっと肩が揺れてしまう。密かに快感の芽が生まれ、自分はキスひとつでこんなふうに反応する男ではなかったはずだ、なのに相手が鏡だといちころかとおのれに驚いた。

「は……っ。んぅ」

　喉の奥から勝手に洩れる声を抑えるのも忘れ、君も応えて、と言われたからにはそうしようと、誘われるままに舌を差し出した。それでも、どうしても舌先が震えてしまい、うまく彼の舌に絡められない。

　鏡は、一也の頬に手を置いたままいったん距離を取り、どこか楽しそうに笑って言った。

「君は、慣れているのかうぶなのかわからないね」

　からかわれている、ような気がしてちりっとした悔しさが湧き、鏡の首に両腕を回し少し背伸びをして、今度はこちらから彼の唇に舌を割り込ませた。ついいましがたされたように、舌先を尖らせて、口蓋だとか舌の裏だとかをくすぐってやる。

　ここ二週間で、憧れの元警視庁捜査一課員に再会して、あっというまに恋に落ち夢中になった。そんな男と密着し、くちづけをしているのだと思えば、どうしたって身体は強ばるし、唇は震える。それでも、されるがままになっているだけなんていやだ。自分だって欲しいのだと行動で示さなければ、胸を占めている感情がきちんと伝わらないだろう。

鏡は少しのあいだキスの主導権を相手に渡し、それから満足そうに、最後に一也の舌を強く吸って唇を離した。

「はあっ、鏡さ、ん」

「うん。好きだよ、都築くん」

声にならない一也の思いに応えるように言った鏡の手が伸びてきて、バスローブの紐に指をかけたので、その手首を摑んで止めた。少し首を傾げた鏡に構わず一也からも彼へ手を伸ばし、自分がそうされかけたように紐を緩める。

「うぶだと言われて怒ったの？」

「違いますよ。おれもあなたが好きだって、あなたが欲しいんだって、ちゃんとわかってほしいから」

いまだになめらかには動いてくれない手を、鏡のバスローブの襟にかけながら問いに答えると、彼はさも愛おしいといわんばかりに目を細めた。どうやら不快に思ってはいないらしい。ならばとそのまま胸もとをはだけさせようとし、そこでつい、手が止まってしまった。

きちんと服を身につけている常はもちろん、温泉旅館で浴衣姿だったときにも見えなかった、傷あとがちらと目に入ったからだ。

「見ていいよ」

見ていいのだろうかと困惑し固まっていると、それを察したらしく鏡が甘く言った。

「いや、見て。触って、撫でて。私は君にそうお願いしたんだよ」

「……おれにそこまで見せて、知られて、いいんですか」

「君にだけは、見られても知られてもいいよ」

怯みから問うた一也に、鏡は穏やかにそう答えた。君にだけは、か。彼が発したそのひと言に、この男は自分を本当に好いているのだ、だからこそ特別な存在だと認識してくれているのだと嬉しさが湧く。

それでも残るためらいを深呼吸で追い払って、緩めていた紐を解き彼の肩からバスローブを落とした。さすがに元警察官だけあって引き締まった美しい身体と、そして、傷あとがあらわになる。左胸から右の脇腹にかけて斜めに走る傷あとはそれなりに深く、温泉旅館で鏡が言った通り、結構目立つものだった。

山手事件のときは櫻井が刺されたこともあり現場は騒然としていて、しかも一也は待機していた屋外で犯人の身柄を預かり、他の先輩刑事たちとともに署へ急いでいたので、鏡がこんなに派手な傷を負っていたとは知らなかった。

「……おれはあのとき外にいたし、当時ちょっと先輩から聞いたくらいで大して話題にもなっていなかったから、怪我といってもかすり傷程度なのかと思っていました。あなたが、こんなにひどい傷あとが残るほどの怪我をしたなんて、誰も教えてくれませんでした」

痛々しい傷あとについ顔を引きつらせつつ言うと、鏡は困ったように笑った。

「あのときは誰も、私自身も、私に構っている場合ではなかったから。現場にいたひとや病院に同行してくれたひと、波多野にも、怪我についての詳細は内緒にしてくれと私が頼んだんだよ」

「どうして？　ひとを助けようとしてついた傷なのに、あなたが櫻井さんを守ろうとした証拠なのに、なんで内緒にするんですか」

悔しいような感情が湧き、つい詰め寄る口調で訊ねたら、鏡は淡く笑って答えた。

「ひとを助けられなかった、相棒を守れなかった情けない傷だから、内緒」

彼の返答に息苦しさを覚えて小さく喘いだ。この男の痛みは確かに和らいだし、毎夜の悪夢も消えたのだろう。生きていたいと願えるようにもなった。それでも、その胸の奥底にはまだ綺麗には治りきっていない傷があるのかもしれない。

ならばこの夜に、この手で、そんな苦痛は全部追い払ってやる。それがあったからこそいまの鏡がいるには違いないが、いつまでも哀しい記憶に囚われている必要はない。今度こそ、過去は過去として片づけさせてやろう。

怯みは捨てて手を伸ばし、指先で鏡の傷あとに触れた。

「痛くないですか」

そっと撫でながら訊ねたら、鏡は穏やかな口調で言った。

「君の手であれば」

ひとつ頷き、鏡の両腕を摑んで傷あとに顔を寄せ、今度は唇を押し当てた。誰かの肌に唇で触れるなんてことはいくらだってしてきたはずなのに、相手が鏡だと、なにより彼の抱える痛みの象徴なのだと思うと、頭ががんがんしてくるくらい、さらに緊張した。

「痛くないですか」

「君の唇であれば」

いったん唇を離して先と同じく訊ねたら、似たような答えが返ってきた。もう一度頷き、いまさらの躊躇は無視して、次は舌で触れる。

唾液を塗りつけながら端から端まで、舌で傷あとをなぞった。肌に残るくぼみを埋めるようにぐっと舌を押しつけると、摑んでいる鏡の両腕が動いた。ほんの僅かにではあるが、鏡はそれまでぴくりともせず一也に身を任せていたから、変化は感じ取れた。

「痛い、ですよね」

顔を上げて問うと、鏡は小さく笑って告げた。

「少し痛いかな。けれど、君が私に与える痛みなら、よろこんで味わおう。苦い痛みを甘い痛みで塗りかえてくれ」

鏡の言葉に胸を突かれたような衝撃を感じた。もっと触れて撫でてくれないか、誘惑の囁きに交ぜられた彼の真意が、ようやくわかったような気がする。

傷が癒えるきっかけは与えられた。あとは傷あとをよろこびで覆うだけだ。この男は、その役割を自分に任せてくれたのだ。

時間をかけて丁寧に、ときには抉るように傷あとを舐めた。少しとは言ったものの、本当はそこそこ痛いのかもしれない。摑んだ腕は時々ぴくりと震えたが、やめろと突き放されはしなかったので、それが彼の望みなのだろうと再度顔を上げるのはやめた。

彼の肌は、そして舌で探る傷あとは、生き物の味がした。できすぎなほどに美しくて優雅なこの男だって、自分と同じように生きている人間なのだと、そんなことを思い知らされる。

シャワーを浴びたからか、いつでも仄かにまとっている香水のにおいはしないものの、それでも鏡からはなんだかいい香りがした。温泉旅館では感じなかったが、こんなふうに素肌に顔を寄せていればわかる。これが彼のにおいなのだ。

はじめて知った鏡の味、香りは快く、それから、興奮を呼ぶものだった。改めて、鏡と自分はいまこんなにも近くにいるのだと考え、高ぶりが湧いてくる。傷あとに触れて撫でる、これは鏡の求めたいわば再生の行為であるはずなのに、欲を感じはじめてそわそわする自分をうまく制せなかった。

鏡はすぐに相手の変化を見透かしたようで、腕を摑む一也の手を優しく離させた。それから両手を伸ばし、一也のバスローブをあっさりと脱がせる。いやに手慣れた仕草だったものだから、鏡の傷あとに触れるので精一杯になっていたこともあり、止める余裕もなかった。

顔を上げて鏡の美貌に目をやると、再度軽く唇にキスをされ、こう囁かれた。

「私の肌を頑張って舐めている君の姿を見ていたら、少々興奮してきた。君はどう？」

「……おれを聖人だと思ってます？　旅館で勝手にキスされたあなたなら、わかるでしょう」

一瞬答えに詰まってから、なんとか返事をした。そののち、さすがにいくらか迷いつつも、中途半端な言葉で答えるよりわかりやすかろうと、鏡の手を摑んで自分の股間に導く。

それまでより大胆な行動に驚いたのか幾度か目を瞬かせたあと、鏡はくすくすと笑い、硬くなりはじめた一也の性器を指先でさらりと撫で、すぐに離した。

「そうか。君も興奮しているんだね。ならば、私も君の肌を舐めてあげようか」

そのままてのひらで優美にベッドを示され、ここで臆してなるものかと、触れられてざわめく肌を持てあましつつ片膝でシーツに乗る。すると、身構える前に背後から首筋を舐められたものだから、ついびくりと身体を強ばらせてしまった。あたたかく濡れた舌の感触は、唇で味わったのとはまた違うもので、不意打ちだったせいもあり妙にいやらしく感じられる。

「うわっ。ちょっと！」

思わず非難めいた声を上げたら、笑みを含む声で「敏感なんだね」と返された。

「……いきなり舐められたら、これくらい普通の反応じゃないですか」

「そう？　まあ、手を握っただけで硬直してしまう都築くんにとっては普通なのかな。可愛いね」

これもまたからかわれている、ような気がして、恥ずかしさと負けん気が勝手に湧いた。いつだって優しく相手をおもんぱかるのに、この男は寝室では性格が変わるのか？　あるいは、そういったふるまいをすることで、自分がもっと大胆になれるように仕向けているのか。

とりあえずはきちんとベッドに乗り、それから振り返ってじっと鏡を見つめ、半ば悔しまぎれに言い返した。

「鏡さんは後ろからそっと男に触れるような、お上品なセックスしか知らないんですか？」

「さて」

「おれの顔を見ながら、ちゃんと触ってくださいよ。おれがもういやだと泣き出すまでたくさん触ってくれるって、あなた、さっき言いましたよね」

一也の挑発めいた言葉が気に入ったのか、鏡はいやに嬉しそうに笑った。綺麗な瞳にちらと野生じみた色がよぎり、この男でもこんな顔をするのかと、思わず息をのむ。

てのひらで促されて鏡のために場所を空け、ベッドの上に向かいあわせで座った。伸びてきたてのひらに従い両膝を立てた脚が、片膝立ての鏡の脚に絡まりそうだし、両脚のあいだに彼の片脚を差し込まれているため膝を閉じることもできず、じわりと汗が滲む。

反応しかけている鏡の性器が正面から目に映る。ということは当然、自分が興奮しているのだって彼に見られているということだ。

「私が上品なセックスをすると思う？」

こればかりは普段通りの穏やかさで声をかけられ、鏡の美しい身体をまじまじと観察していた視線をはっと上げた。いつもとは違う色を宿した瞳を見て、きっとそうではないのだろうなと思いつつも「はい」と答えると、鏡はちらとわざとらしくおのが唇を舐めて言った。

「ならば君の手で私を、上品さも忘れるくらい熱くさせてみてよ」

普段はきっちりとした身なりをしていて、ほとんど素肌を見せない男が、全裸で目の前に片膝を立てて座り自分をあおっている。そう考えたら、かっと身体が熱くなった。

ここまで誘われたら乗るしかないと手を伸ばして、はじめて鏡の性器に触れた。すでに芯を持っていた性器を緩く握って擦り、それに応え硬さを増していく彼をてのひらで感じて、ごくりと喉を鳴らす。手の中に惚れた男の性器があって、しかも勃起(ぼっき)している、なんて状況で、平然としていられるわけもない。

「ああ、気持ちがいい。君の手はやはり、あたたかいね。私が好きになった手だ」

鏡はやわらかな吐息を洩らしてそう言い、同じように片手を伸ばして一也の性器を握った。器用で、想像していたよりはるかにあからさまな動きで扱(しご)かれ、思わず声が出てしまう。

「うあ、あぁ、ちょっ、と、待って。はぁっ、おれ、そんな、に、もたない、です……っ」

「へえ？　すぐにいってしまっても、可愛らしくていいんじゃない？　いつもそうなの？」

「いつも、じゃ、ない、ですよ……！　あなたの、こと、すごく好きだ、から……っ、なんか、変なんで、すよっ」

全部投げ出して鏡に委ねてしまいたくなる自分を叱り、なんとか似た動きを返しながら答えたら、彼は実に満足そうに笑った。愛撫(あいぶ)を強められますます身体は熱を持ち、みっともないから少しは静まれと祈っても、どうにもならない。

「そう。私も君が好きだよ。好き」

「好き……っ。はぁっ、好き、で、す」

蕩けるような甘い声で告げられて、素直に同じ言葉を返した。そのあいだにも高揚は増すばかりで、絶頂の予感はあっというまに押し寄せてきた。

普段ならこの程度の刺激では、ここまで高まりはしない。もっと楽しむ余裕もあるのに、鏡が相手だとそんなものはあっさり奪われる。

とはいえあまりに簡単に達してしまうのも情けないと、ぎゅっと目を閉じてなんとか耐えていると、そこで肩を摑まれ引き寄せられて、唇を重ねられた。

「んぅ、は……っ、あ」

すぐに舌を入れられたので、必死で絡め、吸いあげた。性器を扱かれながら交わすキスに、思考が焼けそうなくらい興奮する。

気の早い体液が滲み、鏡が手を動かすたびにいやらしい音がした。唾液を鳴らして甘く互いの舌を嚙む、相手を味わい尽くし食らいあうようなくちづけだって、上品なんかではないと、くらくらする頭で考える。

すべてをむき出しにして快楽を追いかける、切羽詰まった、生もののセックスだ。

「あぁ……、だ、め。もう、いきそう……っ」

いくらかのあいだは我慢したものの結局は堪えきれず、キスを解いてそう洩らすと、不意に性器から手を離された。いまにも弾けそうだった快楽を唐突に放置され、これ以上なく熱くなっている身体を持てあましつつ、閉じていた瞼を上げる。

「ここ、で、やめな、く、たって……っ」

はあはあと息を弾ませながら発した声は、なじるものになっていたかもしれない。鏡は、そんな一也を楽しげに見つめ、いやになるほど優しく告げた。

「私は上品なセックスしか知らないそうだ。どう？　君のおかげで少しは変わった？　試しに焦らしてみようかな」

「も、う……、根に、持たな、い、で、ください、よ……っ」

「ひどいな。君がたきつけたんでしょう？　お応えするのが礼儀というものだよ」

くすくすと笑った鏡が、勃ちきっている一也の性器に再度手を伸ばした。ようやくいける、と思いきや、達したくても達せないやわらかさで撫でられるだけで、鏡は決定的な刺激を与えてくれない。当然わざとなのだろう。彼は口にした通り、試しに焦らしてみているらしい。

「はぁっ、あ、も……っ、いかせ、てっ。いき、たい……っ。お願、い、します」

唇を噛んで少しは耐えたものの、もうこれ以上は無理だと、鏡を見つめ震える声で求めた。涙目になっている自覚はあったが、もはや構っていられない。

「下手、に、たきつけて、ごめん、なさ、い……っ。もう、無理だ、からっ。あなた、は、いつも、上品な、のに……っ、セックス、は、いやらし、くて、ちょっと、意地悪で、すよ……っ」

「意地悪？　そうかな。意地悪されるのは、いや？」

「いや、じゃ、ない、けどっ、もう、いきたい……っ。いかせ、て、くださ、いっ」

一也の返答が、あるいは半泣きの顔が気に入ったようで、鏡は実に嬉しそうににやっと笑い、「素直でいい子だね」と告げた。一也が言った通りの、過去には見たことのない、サディスティックなまでにいやらしい表情だった。

そののちに今度は、明らかに絶頂を促す大きな動きで扱かれ、目を開けていることができなくなった。鏡の笑みに覚えた高ぶりも手伝って、途端に、腹の奥にたまっていた快楽が一気に込みあげてくる。

「ああっ、は……！　も、あ、あ！」

焦らされた末の絶頂は、知らないほどの色濃い愉悦を連れてきた。ようやく与えられた解放に、瞼の裏がちかちか明滅する。

気持ちがいい。鏡の視線を感じながら、鏡の手によってもたらされる快感に溺れるのは、信じられないくらいに気持ちがいい。

息を詰めて恍惚(こうこつ)を味わってから、閉じていた目をなんとか開けたら、ベッドサイドにあったティッシュペーパーで手を拭う鏡と視線が嚙みあった。一也の眼差しを待ち受けていたような彼の瞳は、きらきらときらめいていて、まるで獲物を見つけた獣みたいだなと思い、ぞくっと背筋に痺(しび)れが走る。

「ねえ都築くん、手が止まっているよ。君だけいくの？」

自分にも快楽を与えなさい、と言われていることはわかった。再度、つい喉を鳴らしてから、鏡の言うようにおのが快感に夢中になって止まっていた手を使う。

この男もいかせてやりたい、とは思うものの、絶頂の余韻で手が震えていて、鏡と同じ動きは返せなかった。なんとも歯がゆい。それでもしばらくは稚拙な愛撫に身を任せていた鏡は、途中で焦れたのか、てのひらを一也の手に重ねてきた。

そのまま上下に手を動かす鏡に合わせて、逞(たくま)しい彼の性器を扱く。この男はひとりで処理するときにはこうやって自身を刺激するのか、てのひらに熱を感じながらそんなことを考えたら、馬鹿みたいに興奮した。

「ああ、気持ちがいい。もういくから、受け止めて」

ほとんどされるがままに手を預けている一也にそう言い、最後に数度強く擦って、鏡が射精した。瞼を伏せて愉悦を味わっている色っぽい顔を目にし、また、生々しく脈打つ男の性器が放った精液をてのひらで受け止めて、まるで自分まで達してしまったみたいにますます高揚する。

上品さをかなぐり捨てたとしても、性的快楽に身を委ねていても、この男は美しいのだ。

手の中にある性器はまだ勢いを失っていないし、一度出したというのに自分もまた硬くなっている。鏡に見蕩れつつも、これからどうしたらいいのだと迷っていると、彼がふっと瞼を上げ、一也を見てどこか切なげに笑った。

その表情にどきりとしているうちに、気づいたら、あっけないくらい簡単に仰向(あおむ)けに押し倒されていた。覆いかぶさってくる鏡から、すぐに唇を重ねられてしまえば、反射的に抗うこともできない。

「あ、は……っ、んぅ、んっ」

遠慮なく唾液を流し込まれ、他にはどうにもしようがなく飲み込んで、途端に鳥肌が立った。内側からこの男に侵食されている、身体を作りかえられている、そんなふうに考えたら一瞬で全身が熱くなった。

口に出した通り、いつでも上品な鏡のセックスは、いやらしい。常に優雅にふるまう男だからこそ、その落差が際立って、自覚する間もなく虜になってしまう。

「ん、ふぅ……っ。はぁ、もっ、と……」

先と同様に舌を挿し込まれて口の中を舐め回され、喘ぎを洩らしつつ夢中になって唾液を啜った。もっと欲しい、味わいたいという欲のままに彼の舌を吸う。

しばらくのあと鏡は顔を上げ、満足そうに笑った。濡れた一也の唇を指先で拭ってから、てのひらで身体中を撫であげる。

首から鎖骨、脇腹だとか、腰、太腿の内側だとか、彼の手が這う場所が否応なく目覚めていくのがわかった。もはやどこを触られても快感を拾えるほど全身が敏感になったころに、不意にきゅっと乳首を摘まれて、びくっと派手に震えてしまう。

「あぁ！　待って……っ、おれ、おかしく、なる、からっ。だめ、だ。気持ち、いい……っ」

そのまま指先でこね回されて、身をよじらせながら訴えても、鏡は手を離さなかった。むしろより露骨な動きで乳首を刺激しつつ、楽しげに笑って言う。

「そんなに気持ちがいいのなら、おかしくなってしまえばいいよ」

「ほんと、に……っ、おかし、く、なっても、いいん、で、すか……っ」

「うん。私が責任を取ってあげる。だから、おかしくなってみせて」

跳ねる呼吸の合間に返したら、ますます嬉しそうに笑って鏡が答えた。執拗に乳首を弄られて、切ないような苦しいような快感に襲われる。身じろいでも両手でシーツを握りしめても、身体の内側に充ちるその快楽は逃がせない。

性器が痛いくらいに勃ちあがっているのは自覚できた。見えているのだから鏡も知っているはずなのに、そこには一向に触れてくれない。これは、握って扱いてくれと頼んでも、たとえ泣いても無駄なのだろう、というのはわかってきた。

シーツから離した手で枕元を探り、鏡が最初に放り投げたスキンジェルのチューブを摑んだ。もう恥もなにもなくスクリューキャップを開けようとするが、興奮で手が震えてうまくいかない。

「どうしたいの？」

指の腹で押し潰すように乳首を愛撫しながら鏡が問うてきたので、わかっているくせに、と思いつつも答えた。

「あなた、は、おれに……っ、入れ、たく、な、いんです、か」

「叶うならば、君の中に入りたいけれど」

「だったらっ、さっさと、叶え、て……っ」

　自力でキャップを開けるのは諦めチューブを差し出すと、鏡は乳首から手を離し、満足そうに目を細めて受け取った。この男は本当に艶っぽくていい顔をするなと改めて見蕩れる。普段の鏡も、ベッドで見せる表情も、どちらも彼そのものであり、自分に対して嘘はついていないだろう。

　性的興奮に瞳をきらめかせている彼はいま、ただただ正直に、楽しいのだ。再会してすぐのころはともかく、鏡にとっての秘すべき傷まであらわにしたこの夜に、いまさら素顔を隠してもしかたがない。

　彼はもうそれくらい自分に心を許してくれているのだ。快感に息を乱しつつもそう思ったら、余計に高ぶった。

「脚を開いて。君が楽なように」

　チューブのキャップを開けながら鏡が優しく言ったので、指示に従い両膝を立てると、すぐにジェルを塗りつけられた。試すようにゆっくりと入ってくる指に、ぞわぞわと肌が粟立つ。

「は……っ、あ、鏡さ、んの、指……、おれに、入って、る」

　特になにを考えるでもなく口に出したら、ゆるゆると一也の内側を撫でながら、「うん」と鏡が応じた。いま自分がのみ込んでいるのは鏡の長くて綺麗で、いつでも優美に動く指なのだ、と思った途端に、肉体的のみならず過去にないくらいの精神的なよろこびが込みあげる。

　嬉しい。この男に中まで触られるのは、嬉しくて、気持ちがいい。

「そう、上手だ。ちゃんと咥えているね、これならもっと開きそう。無理はさせないから、そのまま受け入れて」

「あぁ！　は、あっ、広がっ、て、る……っ。あ……っ、おれ、上手で、すか……？」

「うん。君のここ、赤くていやらしい色になって、一生懸命私を欲しがっているよ」

指を増やされて大きくなる異物感に喘ぎながら問うたら、そんな答えが返ってきたので、かっと頬が熱くなった。赤くていやらしい色をしているらしい場所を鏡に見られているのだ、なんて自覚すると、恥ずかしいような息苦しいようななんとも言いがたい興奮が湧く。

はじめは慎重に指を使っていた鏡は、もう大丈夫そうだと判断したのか、途中からそこそこ大胆な動きで一也を開いた。どうしても緊張する入り口を緩め、内側までジェルをなじませるように指を出し入れする。

どうやら、試しに焦らして遊ぶのは、そろそろ終わりにするようだ。

「あっ！　や……っ、そこ、は、だめ、だ……っ、は……！」

しかし、自分でも知っている弱点を不意に指先で押し撫でられて、そんな思考も頭から掻き消えてしまった。強引さのない丁寧な動きでも、身体は勝手にびくびくと跳ねるし、声もうわずる。

「駄目？　ここは嫌いなの？　私は君に少しでも気持ちよくなってほしいのだけれど」

「はぁっ、もう、すご、く、気持ちいい、から……っ。それ、される、と、いく。まだ、いやだ。指じゃ、いや、で、す……っ」

「ああ。君はここがそんなに弱いのか。わかった、いかないくらいにね」

いつのまにか瞑っていた目を薄く開けて訴えると、鏡はうっとりするような笑みを浮かべて答えた。少しのあいだやわらかく撫でてから、一也が再度駄目だと泣き言を洩らす前に、そっとその場所から指先を離す。

逃げ出すこともできない刺激に乱れていた息を落ち着かせようとはするものの、指が入っている状態ではそうもいかない。内側から与えられた快楽は薄まるどころかしっかりと蓄積され、全身に汗が滲んだ。

欲しい。この手で触れた太い性器をいますぐに突き立てられたい。指を抜き差しされて勝手に揺れる腰に渦巻く快感が、うずくような欲望に変わるのに時間はかからなかった。

「鏡、さ、ん……っ。も、はい、る、からっ、入れ、て。あなたの、入れて、くださ、い……っ」

なかなか次の動きに移ってくれない鏡に言葉も選べず訴えたら、宥めるように返された。

「大丈夫？　もう少し開いてあげないと、苦しいかも。君に痛みを与えるのはいやだな」

「は……っ、大丈、夫……っ、我慢、して、る、ほうが、苦しい、むり……っ」

いまの彼は本当に、相手が痛みを覚えるのは好ましくない、と考えているのだろう。そうわかりはしても、一度火がついた欲は消えない。いまさらためらいも感じず、自分で両脚を抱え、鏡を見つめてねだった。

「だか、ら、早く、してく、だ、さい……っ。もし、痛くても、あなたなら、おれは、へい、き、です……っ」

　鏡は一也の視線を受けて二、三度目を瞬かせ、それから愛おしげな、また、今度ははっきりとした欲望をうかがわせる笑みを見せた。最後にぐるりと、大きく広げるように入り口をなぞってから指を抜く。

「君のような男は好きだよ。いや、君が好きだよ。確かに私も、我慢しているのもそろそろ苦しい」

「好き……っ、おれ、も、あなたが、好きだ、から……っ、はや、く」

「うん。そんなふうにおねだりされたら、私のほうがもう無理かも」

　一也の脛(すね)に軽くキスをしてから姿勢を整えた鏡が、片手で自身の性器を摑み、ジェルでどろどろになった場所へ先端を押し当ててきた。やはり焦らすつもりはないようだから、この男もあまり余裕がないのかもしれない。

　などと考えていられたのは、ほんの一瞬だった。角度を計るようにぬるぬると辿ったあと、すぐにぐっと張り出した部分を押し入れられて、意図せぬ高い声が唇から散る。

「ああっ！　は、あ！　あ……ッ、あ！」

「痛い？」

　てのひらで知ったつもりになっていたのに、硬い先端が食い込んでくる衝撃は想像以上に強く、鏡からの問いに答えることもできなかった。なんとか首を横に振って、痛くはない、と示したら、鏡は自分で脚を押さえている一也の手にてのひらを添え、そのまま、ゆっくりと奥まで侵入してきた。

彼の形にじわじわと広げられていく感覚は、経験にないほどの快楽であり、また思考も焼き切れるような、よろこびだった。小さくも長い絶頂に襲われているみたいに、全身が小刻みに震えて、うまく息ができなくなる。

「ああ、君の中、とても気持ちがいい。ねえ、君も気持ちがよさそうだね、内側がひくひくしているよ。出ていないけれど、少しいっているの？」

「は……ッ。ふ、う、い、てる……っ」

からかうでもない熱い声で問いかけられ、喉の奥に詰まっていた息を吐き、吸って、どうにか答えた。まともな言葉にはなっていなかったが鏡は理解したらしく、深くまで挿入したところでいったん動きを止め、再度訊ねた。

「落ち着くまで待つ？　それとも、このまま、する？」

彼が止まってくれたところで、身体の震えはちっとも収まらないし、全身が痺れるような快感も去る気配がなかった。きっといくら待っても落ち着きやしないのだろう。それに、こんな中途半端な愉悦を延々味わわされているのも苦しい。

「す、る」

せめて荒い息だけでも静めようと幾度か大きく呼吸し、短く返事をしたら、これまでとは違う欲をはらんだ小さな笑い声が聞こえてきた。確かにセックスの最中だとわかる声音ではあるものの、それでも優しい口調で告げられる。

「そういうところ、好きだよ。好き。ゆっくり動くから、駄目になったら言って」

「あ、は……っ、おれ、も、好き。あぁ、きも、ち、いい……っ」

言葉通り穏やかに揺さぶられて、身体のみならず頭の中にまで充ちていたよろこびが、さらに沸き立った。過去には知らないぞわぞわとした感覚が広がり、つま先にまで力が入ってしまう。

じっくりと沈め、同じ速度で引いてまた分け入る、そんな緩やかな鏡の動きに合わせ、悦楽の低い波がひっきりなしに押し寄せてくる。しばらくはその波にただ酔っていたものの、このまま続けられたら本気でどうにかなりそうだと、いつのまにか閉じていた瞼を無理やり上げて鏡を見た。

もっと確実な、頭の中が空っぽになるような、強い絶頂が欲しい。

「もっと？」

自分がどんな目をしていたのかはわからないが、鏡に伝わるほどにはみだりがわしい眼差しを向けたのだろう。正確な彼のひと言に恥じらいを覚える余裕などはとうになく、視線を重ねあわせ、必死に頷いて返した。

「もっ、と……っ、強く、してく、だ、さい……っ。ちゃん、と、いきた、い」

「そう。いいよ、君がちゃんといけるように掻き回してあげるから、しっかり味わって」

「あ……！　あぁ、はっ、あッ」

添えるだけだった手の位置を変えてぐっと両脚を押さえ込まれ、不意にずぶりと強く貫かれて悲鳴のような声を上げた。半ば浮いている腰を逃がすこともできないまま、それまでとはまったく異なる動きで深く、浅く突かれて、結局は再びぎゅっと瞼を閉じてしまう。

「はぁっ、待っ、て……、そ、んな、に、は……っ」

思っていた以上の激しい律動に翻弄され、掠れた声で訴えても、そこに快楽があると見抜いているからか鏡は取りあわなかった。

「ちゃんといきたいんでしょう？　君の中、一生懸命私を絞っているから、もう少しでいけるよ」

「や……っ、あぁ、へん、に、なりそ、う……っ」

「変になればいい。先ほども言ったように、私が責任を取るから、安心していいよ」

「ひ、ああ！　そこ……っ、あっ」

真っ直ぐに抉る合間に、気まぐれに硬い先端で弱点を刺激され、すでにたゆたっていた絶頂感はあっというまに襲いかかってきた。空いた両手でぎゅっとシーツを握りしめても、ぐちゅぐちゅといやらしい音を立てて掻き乱されている身体では、すぐそこに迫る予感を散らすことなどできやしない。

「あっ、は……、もう、出そ、う……っ」

は、は、と獣みたいに乱れる呼吸に声を交じらせると、「出していいよ」と返された。たまらずにシーツから右手を離し、触れられていない自分の性器に伸ばしかけたら、しかしそこで制止の言葉が降ってくる。

「駄目。手でしないで。私の、これだけで出して」

「むり……っ、できな、いっ」

「できるよ、そのほうがきっと気持ちいいから。さあ、いって」

　いって、というより、いけ、という強さで、続けざまに深く穿たれた。荒々しく内側を擦りあげられるその刺激に頭の中までぐちゃぐちゃになって、もうなにを考えることもできなくなる。

「あぁ……ッ、あッ！　も、あ……！」

　襲いくる愉悦になすすべもなくのみ込まれ、掠れた嬌声を上げた。達したという自覚はほとんどないまま、身体が極めていたといった感覚だった。

　こんな快楽は知らない。過去には味わったことがない。

　さざなみみたいな悦楽の果てにようやく与えられた解放に、全身を硬直させてただ溺れることしかできなかった。わざわざ触らずとも自分が腹の上に射精したのはわかったが、鏡が中にいるせいか、なかなか恍惚が去っていかない。

　しばらくのあいだそうして絶頂を噛みしめてから、なんとか少しは身体の強ばりを抜き、目を開けた。すると、鋭い眼差しをした鏡と視線がぶつかって、思わず息をのんだ。彼の表情ならばいくらも見てきたはずなのに、それは目にしたことのない瞳の色だった。

　少しは熱も冷めてきた身体の中に、鏡の逞しい性器が埋められているのが、勝手にひくつく内側の感覚ではっきりとわかる。この男は自身が貪るでもなく、まずは相手に快感を与えただけで、達してはいないのか。

「あなた、は……、いかな、いんです、か」

こちらがすっかり落ち着くまで待ってくれているらしい鏡に、まだ整わない呼吸はそのままに訊ねると、強い視線を裏切るような優しい声で返された。

「私で達する君があんまり可愛いから、見ていたくなって」

「おれも……。おれ、も、あなたが、おれの中、で、いくの、見たい、です」

これ以上揺さぶられて耐えきれるだろうか、という不安がなかったわけではないが、自分の身体で極める鏡を知りたくて正直に口にした。彼は、その言葉にますます瞳の色を濃くし、今度ははっきりと欲を示す声でこう言って、一也の片脚を肩に抱えた。

「君はいい子だね。本当に好き。なら、もう少しだけつきあって」

「うぁ、や、あッ！」

いままでだって充分深かったのに、さらに奥までずるりと挿入されてのけぞった。こんな場所にまで誰かを受け入れた経験なんて、もちろんない。身体中、指先もつま先も引きつって、衝撃のあまり閉じることもできない目の端からは、ぱらぱらと涙が零れ落ちた。

「これで全部、根元まで入った。君と深くつながって、私は気持ちがいいよ。君は、痛くない？」

「はあっ、あ……っ、いた、くない、けど……っ、こ、わい」

ぎらつく眼差しを隠さない鏡に問いかけられたので、ぜいぜいと胸を喘がせながらも、細くそう答えた。そんな声しか出なかったし、それ以上を言う余裕もない。

鏡は宥めるように、あるいは、ここに入っているのだと教えるように濡れた一也の腹を撫で、ひどくやわらかな声で再度訊ねた。

「痛くないのなら、私にも君をもっと味わわせて。怖くないよ。そっとするから、動いてもいい？」

「……動い、て」

この状況で、いやだ、と言えるわけもなく、なんとか短く応えると、鏡が腰を使いはじめた。言葉通りの慎重な動きではあったものの、経験のない場所をこじ開けられる感覚は恐ろしいくらいに鮮烈で、目を見開いたまま彼にただ揺さぶられていることしかできない。

そのはじめて知る衝撃が、しばらく鏡に身を委ねているうちに、じわじわと快楽に変わっていくのは自覚できた。他の誰でもなく鏡にこんなふうに奥まで暴かれて、自分は嬉しいのだ。思考も鈍る頭でそう認めた途端に、快楽は、ぱっと身体に燃え広がるくらいの熱を持つ。

一瞬で駆け上ってくる絶頂感は、これもまた経験のないものだった。切ないようなやはり怖いような、いつもの予感とは異なる愉悦が込みあげてくる。

「あ……っ、いき、そ、う……っ」

震える声で洩らすと、その一也を緩く突きながら鏡が言った。

「いっていいよ。ねえ、私も、いっていい？　君の中に、出してもいい？」

「いって……っ、なか、に……っ、だ、してっ」

「ああ。君は素晴らしいね。好き。君が好きだよ」

それが嘘偽りない本心なのだろうと誰にもわかるような、熱くて甘い声で囁き、鏡は一也の脚を抱え直した。それから、最後に数度深く抉って根元までずっぷりと挿し込み、一也に腰を押しつけるようにして射精した。

敏感になっている内側で彼の性器が脈打っているのを感じ、いままでとは較べものにならないほどのよろこびが、一気に噴きあがってきた。自分が確かに極めているのはわかるのだが、いつもとはまったく違う色濃くて深い恍惚に目が眩（くら）んで、びくびくと勝手に跳ねる身体がどうなっているのかまでは把握できない。

自分がどれだけのあいだ上り詰めていたのかは、時間の感覚が飛んでいたためよくわからなかった。意識や感情は鮮やかなくらいはっきりしているのに、思考がうまく形をなしてくれない。

一也を貫いたまま動きを止めていた鏡は、しばらくののち、精液を内側に塗り込めたいとでもいうかのように二、三度腰を揺すってから、性器を抜いた。同時に脚を肩から下ろされ優しくシーツに戻されるものの、全身は痺れたままで手も足も動かせなかった。

つながっていた場所から、鏡が放った欲の証（あかし）があふれ、肌を伝っていくのが知覚できる。とはいえ、恥ずかしいと隠す余力もない。

解放された姿勢のまま、はあはあと息を喘がせていると、顔の横に両手をつき覆いかぶさってきた鏡に、間近に目を覗き込まれて問いかけられた。

「都築くん。ごめんね、無理をさせたかな。大丈夫？」

「だ、いじょう、ぶ、です」

「よかった。ねえ君、出さなくてもいけるんだね。可愛い」

胡桃色の瞳を見つめ返して掠れきった声で答えたら、ふっと笑った鏡にそう言われたので、そこではじめて、自分が射精もできないまま達したのだと自覚した。わざわざ記憶を辿るまでもなく、過去にこんなふうになったことはない。

動揺が表情に出ていたのだろう、鏡は一也の唇に軽く音を立ててキスをし、「そんなに困った顔をしないで」と優しく言った。なにか誤解されたのかもしれないと、ぎくしゃく首を横に振ってから、なんとか口に出す。

「違う……、知らなかった、だけで、すよ」

「知らなかった？　はじめてなの？」

一也のセリフに、鏡は珍しく僅かばかり驚いたような顔をした。それから、もう一度唇の端にキスをして身を起こし、そっと一也の太腿を撫でて告げた。

「どうしよう。私は君のはじめてを奪ってしまった。嬉しいよ、君にわかるかな」

わかるか、と訊ねられると、鏡の心中を正しく理解できているのか不安にもなるが、嬉しいというひと言に嘘がないことはわかったので、とりあえず頷いて返した。鏡はそれを認めてふわっとやわらかく微笑み、太腿から尻へと手を這わせ、注がれた精液をだらしなく垂らしている場所に触れた。

「あっ、なに……？」

「まだびくびく痙攣（けいれん）しているね。落ち着かない？」

「ちょっ、と……っ、指……っ」

そのままぐっと指を入れられて思わず声を上げても、鏡は手を引かなかった。中で放った精液を掻き出す、というより、わざとらしく音を立てて掻き回す。

もっとしたい、と示されていることもまた、わかった。身体はくたびれていたものの、ここで拒否したくはない。鏡がこんなふうに求めるのはきっと、いまは自分だけだろう。そしてまた、自分がここまで欲する相手も鏡だけだ。そう思うと、愛おしさと情欲がともに、飽きもせず目を覚ます。

キスされた唇を舐めて言葉を探し、いまさら持って回った誘惑をしてもしかたがないかと、息を跳ねさせながらもストレートに言った。

「ふ……、う、落ち着かな、い……っ。鏡さん、まだ、勃ってま、す？」

一也の問いに、鏡は、はは、と声を上げて笑った。彼のこんなに楽しそうな笑い声を聞くのははじめてかもしれないと少々びっくりし、そののちに心がじんわりあたたかくなるのを感じる。

いま自分と鏡のあいだには、少しの隔たりもない。ぴったり重なって身体の一部をつなげて、隠すものどころか境目すらもないのだと思う。

「うん。勃っているよ？」

「じゃあ、もう、一度……っ」

ごまかしようのない露骨な表現をあっさりと、そのまま返されたので、ベッドにいるときの鏡はやっぱり上品でもないな、といまさらながらにまた考えつつ誘いかけた。鏡は、指を抜いて再度一也に覆いかぶさり、吐息の触れる距離でじっと目を見つめ、なまめかしも美しく笑って囁いた。

「では、本当に君が泣きじゃくるまで、たっぷり交わろうか」


宣言通り、鏡は一也が快楽のあまり手放しで泣き出すまで行為をやめなかった。普段は優美で紳士的なふるまいをするのに、ベッドではなかなかに野性的だ。

とはいえ鏡のことだから、やめてくれと本気で訴えれば手を止めたのだろう。しかし意地でもそうは言わず、かわりにもっとくれと求めた。鏡の欲や望みなら全部受け止めたかったのだ。

痛いくらいの快感からようやく解放されたのは、壁掛け時計の短針が真上をすっかり通りすぎたころだった。長い時間をかけて熱情を交換し満足してくれたらしく、シーツの上でぐったりしている一也の身体を拭いてから隣に横たわった鏡が、充ち足りた吐息を洩らすのが聞こえてきた。

それからすぐに、そっと片手をつながれたので、彼と同じような充足と安堵の溜息をついた。あたたかなてのひらからは愛情といたわりが伝わってくる。すべてをむき出しにして絡みあい、見たことのなかった表情を知って、こんなちょっとした接触でも、彼の感情が以前よりわかるようになった気がする。

思いあがりかもしれないし勘違いかもしれない。それでも、少なくとも鏡ははじめて探偵事務所で向かいあったときより、自分に対してあけすけになっただろう。

「ねえ、都築くん」

しばらくのあいだ黙って手をつないでいた鏡から、そう声をかけられたので、のろのろと首だけ動かし隣に目をやった。全身が重くて腕も脚もうまく動かないし、散々喘いだせいですぐには声が出せない。

見つめた先で鏡は、天井に視線を投げたまま、静かに続けた。

「君は闇を晴らす光のようだね。私がなにより焦がれていたものだ。私は君に、救われたよ」

救われた、彼が発したそのひと言に、つい息をのんだ。苦しいほどの感動が込みあげてきて、つないだ彼の手をぎゅっと強く握りしめる。

飽きもせず抱きあいながら、熱く湿った肌の感触だとか身体を結ぶ愉悦、互いにくり返した好きだという言葉だとかで恋情を確認しあった。しかし鏡のそのセリフは、それらと同じくらい、もしかしたらそれ以上に、一也にとっては嬉しいものだった。

鏡の手をいったん離して、怠い身体をなんとか起こした。腰やら背やら、あちこちがぎしぎしと軋む感覚はあったものの、いまは構っていられない。

仰向けに横たわっている鏡の顔を覗き込むと、ひどく穏やかな眼差しが返ってきたので、さらに胸が熱くなった。ときに彼がまとっていた暗くて重い翳は、もうどこにも見当たらない。

自分はこの男を、救えたのだ。

「……嬉しいです。よかった」

湧いた思いをそのまま口にし、顔を寄せて唇に軽いキスをしたら、彼は視線を合わせたまま優しく目を細めた。無理やり出した声は掠れていたし、唇も微かに震えていたが、そんなことはさしたる問題ではないだろう。

顔を上げると鏡の両腕が伸びてきて、壊れ物でも扱うかのように、そっと抱き寄せられた。こんなに丁寧な抱擁なんて誰からも与えられたことがなかったので、いまさらながらにときめきを覚える。

彼の隣でもぞもぞと身じろぎ、落ち着く姿勢を探してから、自分からも手を伸ばした。彼の身体に腕を巻きつけ胸に耳を押し当てて、鼓動の音を聞きながら目を閉じる。

ベッドルームに、ついいましがたまで充ちていた淫らな雰囲気とは違う、かつて知らないような甘やかでやわらかい空気が忍び込んできた。その中で、素肌をぴったりと寄せあい、改めて鏡のあたたかさに感じ入っているうちに、いつのまにか深い眠りに落ちていた。

ふっと意識が戻ってきたときには、もう翌朝になっており、隣にいたはずの鏡の姿はベッドルームから消えていた。

壁掛け時計が九時すぎを指しているのを認め、慌てて身を起こした。こんな時間までひとのベッドを占領して、さすがに寝すぎだろう。

鏡のいない部屋で、どうしたものかとまわりを見回したら、チェストの上に昨夜バスルームで脱いだ服と、糊のきいたシャツ、新品の下着等が置かれているのが目に入った。これを着なさい、という意味だと思う。

昨夜、事後は身動きするのも怠くて、汚れた肌を清めるのも欲の残滓(ざんし)を処理するのも、鏡に任せることしかできなかった。しかし、ひと晩ぐっすり眠ったおかげか、あれほど重かった身体もほとんどいつも通りに戻っていた。普通に起きあがれるし、ベッドからも下りられる。

その場で手足を動かし痛みもないのを確認してから、用意されていたシャツを身につけた。鏡に合わせて仕立てられたものらしく、いくらか身幅は広いものの、彼と自分の体格にはさほどの差はないので、大きすぎるというほどでもない。これなら見苦しくもなかろう。

スリッパを引っかけて廊下を歩き、怒られやしないかとおそるおそるリビングのドアを開けると、ふわりとコーヒーのいい香りに包まれた。見れば鏡はシンクの前でコーヒーを淹れており、テーブルにはふたり分のホットサンドが置かれている。

「おはよう、都築くん。そろそろ起こしにいこうかと思っていたところだよ」

ケトルを手にした鏡から声をかけられ、素直に「おはようございます、寝坊してすみません」と詫びたら、くすくすと笑う声が返ってきた。いつでも穏やかかつ冷静で、気分の善し悪しなどはそうそう他人に見せないタイプの男ではあるが、今朝の彼はひときわ機嫌がよいようだ。

「誰かに責任があるのなら、それは私なのではないかな。そもそも今日は日曜日だ。君にとっては休日なのだし、謝ることはないよ」

「いやっ。鏡さんが起きたのにも気づかずにいままで寝っぱなしなんて、図々しいというか、その、すみません!」

「君は朝から元気だね。だからそれは私のせいだよ、気にしないで。ほら、朝食にしようか」

淹れたてのコーヒーをふたつのマグカップに分け、片方に牛乳と砂糖を入れながら、鏡はさらりと話題を変えた。ならばと、彼に歩み寄りカフェオレのカップを受け取って、ふたりでテーブルに着いてから、今度は謝罪のかわりに「ありがとうございます」と述べた。

鏡は、別に礼もいらない、というように軽く頷いただけで流し、ふたつ並んでいたホットサンドの皿の片方を一也の前に置いた。

「私は料理をすることがあまりないから、普段はホットサンドの材料くらいしか部屋に置いていないんだ。ワンパターンでごめんね、朝食はこれで大丈夫？」

「えっ、もちろん大丈夫です！　前に作ってもらったホットサンド、すごくおいしかったですし！」

ついいましがたまで自分が詫びていたのに逆に謝られ、慌てて答えた。セックスをした翌朝に食事とカフェオレが用意されているなんて、これ以上ない贅沢なのに、謝罪される理由などないだろう。

鏡は一也の返答に笑い、「元気だね」とくり返してから、めしあがれ、とてのひらで示した。再度礼を告げて嚙みついたホットサンドは、いつか食べたものと同じくらい、あるいはそれ以上に旨く感じられた。

きっと、好きな男と抱きあって、一緒に朝の食卓に着いて、そんなひとつひとつの物事が嬉しく愛おしいからなのだと思う。目の前に似たようなホットサンドがあったとしても、それが鏡の作ったものではなく、ひとりきりの部屋で口に運ぶのなら、こんなにはおいしくないに違いない。

ホットサンドを食べ終えたあと、ふたりでマグカップを傾けながら、たわいない話をした。借りたシャツが少し大きいとか、それでもなかなか似合うだとか、これといって重要な意味がある話題でなくても、鏡と会話しているというだけで心が弾んだ。

「鏡さんはもう警察には戻らないんですか？」

ふと訪れた優しい沈黙に、なんとはなしにそんな質問を口にすると、鏡は笑って「うん。これでいいんだ」と答えた。悩むでも思い詰めるでもない口調と、さっぱりとした晴れやかな笑顔に、つい目を奪われる。

「警察組織はもちろん必要だよ。けれど私には、刑事ではできないことができる探偵業のほうが性に合っているようだ。君の仕事も、私の仕事も、どちらも大切なものだから、お互い頑張ろうね」

どちらも大切、か。彼の言葉に、ふと、以前波多野が口にしたセリフを思い出した。鏡が探偵事務所を構えたのは、過去を吹っきれたからではなく、無理やり自分を維持するためだろう。確か十日ほど前に署の休憩室で、波多野はそのようなことを言ったのだ。

しかしいまの鏡からは、探偵という仕事に身を置くことでなんとか自身を奮い立たせている、といった印象は受けなかった。また、自由には動けない警察官の立場を厭うているようでもない。波多野の言葉を借りるならば、彼はもう吹っきれた、というわけだ。

鏡自身が望めば、現職時代の成績や退職時の事情も考慮されるだろうし、警視庁に再採用される可能性は高いのではないか。にもかかわらず捜査一課員の肩書きを捨てるのは、もったいないような気もする。所轄署刑事課配属の身としては憧れのポジションだ。

だが、それはあくまでも、本人に復帰の意思があればの話だ。これでいいんだと口にした鏡の言わんとするところはわかったので、それ以上は追及せずに短く「鏡さんらしいです」とだけ告げて、笑顔を返した。

過去は過去として片づけたし、傷も癒えた。そのうえで、彼はより自由に動き、いち早く人々へ助けの手を差しのべられる仕事がしたいのだと思う。

マグカップが空になってから、ふたりでシンクに立ち、朝食に使った食器の後片づけをした。なんるだか新婚さんみたいだな、などと浮かれたことを考えていると、皿を洗っている鏡から声をかけられる。

「都築くんの今日の予定は？」

「予定ですか？　特になにもないですよ。急な呼び出しがなければですが」

ケトルやミルを片づけながら単純に答えたら、鏡がくすくす笑ってこんなことを言った。

「そう。なら、大人しく寝ていたほうがいいかもしれないね？　君、昨夜はずいぶんとぐったりしていたから」

なるほど、くすぐったくもどうでもいい雑談を振られているのか、というのは理解できたので、わざとらしく溜息をついてから返した。

「おれは若いんで、もう完全復活しましたよ。フルマラソンだって走れます。失礼ながら鏡さんこそ、いい子に寝ていたほうがいいんじゃないですか？　お疲れでしょうし」

「私は若くないと言いたいの？　ひどいな、まだそれなりには体力もあるのだけれど」

鏡は一也の言葉に、はは、と笑って答えた。機嫌がよさそうだとは先にも感じたが、それ以上に、今朝の鏡は見たこともないくらい陽気だなと、密かに驚く。

そして次に、胸の中に嬉しさが湧いてくるのを自覚した。

自分が隣にいるからこそ、この男はいまこんなふうに笑えるのかもしれない。もしそうなのであれば、確かに自分は彼を救えたといってもいいのだろう。

洗って拭いた皿やマグカップを手分けしてしまい終えたあと、食器棚のガラス扉を閉めた鏡が改めて一也に向き直り、楽しげな笑みを浮かべた。

「さて、先ほども言ったように、日曜日だ。君には特に予定がなく、私も今日は時間があって、強がりでないのならばふたりとも元気らしい。抱えていた案件はすべて片づいたし、事務所は臨時休業にしてデートでもしようか」

さらりとそんな提案を口にされ、どきりと心臓が派手に鼓動した。デート、というひと言が、いやになるほど甘く胸に刺さる。

福井の温泉旅館へふたりで出向くことになったとき、一泊旅行のデートみたいだ、なんてひとりで勝手に思ったりした。しかし実際には事件の調査に行ったわけだから、残念ながらどうひっくり返してもデートとはいえない。ただの自分の妄想だ。

なのに、今日は鏡の口からその単語が出るのか。今度こそ本物の、正しい意味でのデートか。

などと考えたら、嬉しさと照れくささが入り交じり込みあげてきて頬が熱くなった。一般的でありふれた言葉でも、実際に彼が発すると特別なものに感じられて、顔が火照るのみならず、なんだか全身がむずむずしてくる。

「いいですね。デート、しましょう」

平静を装いそう返事はしたものの、うまくいかなかったことは自分でもわかった。声は不自然に途切れたし、頑張って笑みを浮かべはしたものの、きっと顔が真っ赤になっているだろう。正面から向かいあっている鏡には、自分が覚えたときめきや嬉しさなんて、当然筒抜けであるに違いない。

鏡はそんな一也の様子を認めて、さも愛おしげに微笑み、穏やかにこう言った。

「もう事件は終わったよね。私と君の世間話もひと段落したわけだ。そして昨夜、互いの気持ちを確かめあった」

「は、い」

鏡のセリフに、なんとか短く答えると、彼は笑みを深めて頷いた。満足そうで、かつ蕩けそうなくらい甘い表情だと思う。

それから彼は、いやに芝居がかった仕草で自身の胸にてのひらを置き、真っ直ぐに一也を見つめて優しく囁いた。

「では、いまから改めて、私の恋人になってくれませんか？　一也くん」

あとがき

こんにちは。真式マキです。

拙作をお手に取ってくださり、ありがとうございます。

今回はひさしぶりの現代物ということで、刑事さんですとか探偵事務所ですとか、好きな要素をたくさん詰め込んでみました。

事件、謎解き、といった部分も楽しく書きましたが、なにより、少しずつ近づいていく一也と鏡の関係性を第一に描写すべく頑張りました。鏡の傷に一也の手は届くのか、どうすれば彼を癒やせるのか。そして、隣に立つに相応しい相棒だと認めあうまでに、ふたりでどんな時間をすごし言葉を交わせばいいのかを、一生懸命考えました。

最後は優しく甘く、きれいに締められるようにと意識しましたが、どのように感じていただけましたでしょうか。

一冊の本としてはここでエンドとなっていますけれども、このあともふたりが楽しいときを共有していってくれればいいなと思います。本文中では観光地まで出向いておきながら忙しくてゆっくり食事を摂ることもできなかったので、まずは、一緒においしいご飯を食べにいってほしいです。

カバーや口絵、挿絵を担当してくださいました亜樹良（あきら）のりかず先生、このたびは素敵なイラストをありがとうございました！　頭の中でイメージしていた登場人物や光景がまさにそのままの姿で紙面に現れ、驚きを覚えるとともに、とても感激しております。お忙しい中、本当にありがとうございました。

また、担当編集様、いつも丁寧なご指導をいただきまして、ありがとうございます。ご迷惑をおかけしてばかりですが、今後ともよろしくお願いいたします。

最後に、ここまでお目を通してくださいました皆様へ、心よりの感謝を申しあげます。よろしければ、ご意見、ご感想などお聞かせいただけますとさいわいです。

それでは失礼いたします。
またお目にかかれますように。

真式マキ

溺愛社長のまっすぐすぎる純愛

できあいしゃちょうのまっすぐすぎるじゅんあい

名倉和希

イラスト：兼守美行

定価957円

両親を亡くし蕎麦屋を営む祖父と慎ましく暮らしている、ピアノが大好きな音大生・井澄広翔は、心配事が尽きずに一人漠然とした大きな不安を抱えていた。そんな中出会ったのは、小さな子供と大きな犬を連れた、親切なイケメンの年上男性・立石尚行だった。三人と一匹は距離を縮め、楽しく食事をともにしたり、一緒に出掛けたりするようになるうち、優しくて素敵な大人の男性である尚行に、広翔は心惹かれていく。一方尚行も、純粋でかわいい広翔に惹かれ、何より大事にしたいと思うほど心から夢中になっていたのだが、実は尚行が広翔と出会ったことにはとある目的と秘密があって——？

リンクスロマンス大好評発売中

セレブ結婚はシナリオ通りに進まない

せれぶけっこんはしなりおどおりにすすまない

藤崎 都

イラスト：円之屋穂積

定価957円

警備員の椎名大智は、新作映画のプレミアムイベントで ボディーガードを務めた超美形の人気俳優・佐宗司に、後日、突然「僕と結婚してほしい！」と懇願される。

実はそれは、佐宗の俳優業を良く思わない名家の親族たちを あざむくための『偽装結婚』で、恋人のふりをしてほしいという“仕事の依頼”だったのだ。

借金返済に追われる椎名は、多額の報酬と引き換えに依頼を引き受けることに。

ところが、演技派・佐宗の恋人役を演じることは、ろくな恋愛経験がない椎名には心臓に悪いことばかりで…!?